ジュエリーデザイナー

水上ルイ

幻冬舎ルチル文庫

CONTENTS ✦目次✦

煌めくジュエリーデザイナー

✦カバーデザイン＝高津深春（CoCo.Design）
✦ブックデザイン＝まるか工房

イラスト・円陣闇丸✦

煌めくジュエリーデザイナー

MASAKI　1

彼のしなやかな身体《からだ》が、水を切って滑らかに進む。

完璧なフォーム、間接照明の中に浮かび上がる真珠色の肌、煌《きら》めく水滴。

ほかに人のいないプールサイドに、静かな水音と、彼の呼吸音だけが響いている。

俺の名前は黒川雅樹《くろかわまさき》。二十九歳。イタリア系宝飾品メーカー、ガヴァエッリ・ジョイエッロのデザイナー室でチーフを務めているジュエリーデザイナーだ。

そして今、とても美しいフォームで泳いでいるのが、俺の心から愛する恋人、篠原晶也《しのはらあきや》。ガヴァエッリ・ジョイエッロで働くジュエリーデザイナーで、俺の直属の部下に当たる。

ここは俺がいつも通っている天王洲《てんのうず》にある会員制のスポーツクラブ。会員になるための条件がとても厳しいせいか、いつも人が少なく、窮屈な思いをすることなくプールやトレーニングマシンを使うことができる。

今までは、ここには一人で来ていた。昼間のデスクワークで凝り固まった身体をほぐし、体力を維持するためにひたすら泳いでいたのだが……最近は、こうして晶也も一緒に来てくれるようになった。

水泳をするのは高校の体育の授業以来、と言っていた晶也は、最初は五十メートルを泳ぐのがやっとだった。だが儚《はかな》げな見た目に似合わぬ優れた運動神経を持っている彼は、ほんの少しフォームを直してやっただけですぐに感覚を取り戻し、こうして楽々と泳ぐようになった。

……自由型の全速力でこれだけ泳げればたいしたものだ。

このスポーツクラブは天王洲のオフィスビルの最上階にあり、プールは三階層吹き抜け。プールのほかにいくつかのジャクジーも完備されている。壁の一面が全面ガラス張りのうえに照明がバーのように薄暗いせいで、宝石のように美しく煌めく東京の夜景を見渡せる。プールサイドには大きな鉢に植えられた椰子《やし》の木がライトアップされ、その間には木製のデッキチェアが置かれている。プールの内側にはラピスラズリのように深い藍色のタイルが張られ、スポーツクラブというよりはアジアの隠れ家的なリゾートホテルに来てしまったかのようだ。

彼の速度に合わせてプールサイドを歩いている俺は、彼のあまりにも美しい姿に見とれ……そのまますべてを忘れてしまいそうだ。

……いけない、見とれていたら怒られてしまうな。

俺は苦笑し、彼の指先がプールの壁面に触れた瞬間に、ストップウオッチのボタンを押す。

「……はあ……はあ……」

プールの底に足をついた彼が、手を上げてゴーグルを外す。彼の長い睫毛《まつげ》が瞬《まばた》き、美しい琥珀色《こはくいろ》の瞳が俺を見上げてくる。

「……どう、でした、か……？」

荒い息をつきながら、彼が弾んだ声で聞く。

「綺麗《きれい》なフォームで泳いでいたよ。それにとても速くなった。……おいで」

言うと、彼はコースロープをくぐりながらプールサイドに近づいてくる。まだ息を乱したままで金属製の手すりに片手で摑《つか》まり、横に渡した棒状のステップを上る。

「……やっぱり、四百メートルの全力は苦しいですね。特に足に力が入らな……わっ」

ゴム製のキャップを脱ぎながらステップを上がってきた彼は、よほど疲れているのか、最後の一段で足を踏み外してしまう。彼の身体ががくんと不安定に傾いて……。

「危ない」

俺はとっさに手を伸ばし、彼の身体を支える。

「あ……ありがとうございます」

「よろけている。滑らないように気をつけて」

俺は彼の肩を抱いてプールサイドを歩き、バスタオルの置いてあるデッキチェアに近づく。彼の肩にバスタオルをかけてやり、そのまま彼の身体をキュッと抱き締める。

「……あ……っ」

触れ合う裸の肌と肌。引き寄せた彼の身体から、速い鼓動が伝わってくる。滑らかに濡《ぬ》れた肌の感触が、妙にセクシーだ。

「……ダメ……監視員さんに変に思われてしまいます……」

晶也は俺の胸に手をついて恥ずかしげに言うが、その声は蕩《とろ》けそうに甘い。

「プールサイドの中で、ここは数少ない死角だよ。大丈夫」

俺は囁《ささや》いて、監視員室のほうを示してみせる。晶也はガラス張りの監視員室の方を振り返って、驚いたように目を見開く。

「あ……本当だ」

ここは、一般のスポーツクラブや市民プールとは違い、インストラクターや監視員がプールサイドに常駐しているわけではない。プールで泳ぐよりもデッキチェアでくつろぐ人間が多いせいか、ガラス張りの監視員室はプールが見渡せるようにしかなっていないのだ。もちろんプールサイドのほとんどの場所を見ることはできるだろうが……監視員室のすぐ脇に当たるこの一角だけはあそこからは見えないはずだ。

「監視カメラはあるだろうが、ここは暗いから誰かを支えてあげているくらいにしか見えないだろう」

「えっ？」

晶也は驚いたように身をよじり、俺の腕から滑り出る。

「それじゃあぜんぜん死角じゃないじゃないですか！」

俺は思わず笑ってしまいながら、バスタオルで彼の身体をしっかりとくるんでやる。

「それなら、君の希望通り、本物の死角に案内するよ。……おいで」

耳に口を近寄せて囁くと、晶也はその美しい形の耳までをバラ色に染める。

「……雅樹ったら……」

……ああ、俺の恋人は、本当に可愛らしく、そして色っぽい。

AKIYA　1

バスタオルで包み込まれた僕は、雅樹に肩をしっかりと抱かれてプールサイドから更衣室に連れて来られた。そしてそのままシャワーブースに引き込まれてしまった。

僕の名前は篠原晶也。ガヴァエッリ・ジョイエッロというイタリア系宝飾品メーカーの宝石デザイナー室に勤めるまだ駆け出しのデザイナーだ。

そして僕の恋人は黒川雅樹。二十九歳。同じガヴァエッリ・ジョイエッロの宝石デザイナー室でチーフ・デザイナーを務めている人で、僕の上司に当たる。ハンサムで、クールで、そして素晴らしい才能を持った、世界的に有名なジュエリーデザイナーだ。

僕と雅樹が、秘密の恋人同士になったのはほぼ一年前。その頃の僕は、自分が女性に友情以上の感情を持てない人間であることに気づいていた。もしかしたら、心の底で自分はゲイなんじゃないかと疑っていたのかもしれない。だけど、自分は恋愛に淡泊なだけだ、クリエイターの端くれとして美しい物を作り出せればそれで幸せなんだと自分に言い聞かせて生きていた。

僕の心を初めて揺らしたのは、イタリア本社から視察に来たデザイナー、黒川雅樹だった。凜々《りり》しく、逞《たくま》しく、そして見とれるほど美しい彼は、デザインをしながら僕がずっと憧《あこが》れ続けていた、まさに理想の男だった。僕は日本支社に異動してきた彼に心酔し……だけど自分の中にある、熱くてどこか甘い不思議な感情の正体がなんなのか、まったく解《わか》らなかった。

そんな僕に、雅樹は「君を愛してしまった」と告白し、そして強引にキスを奪った。僕はからかわれたのかと思って混乱し、雅樹を傷つけるようなひどい言葉を投げつけ……だけど雅樹を傷つけたことでずっと自分を責めていた。

その後、彼がイタリア本社に戻ってしまうのではないかという噂が流れ、それを信じた僕はやっと自分の感情がなんだったのかに気づいた。僕は……雅樹に恋をしていたんだ。

僕は雅樹に自分の気持ちを告白し、彼はそれを受け入れてくれた。僕はゲイという普通の人とは違う人生を選び、彼と生きることを決心したけれど……それを少しも後悔したことはない。

クールな憧れの上司だった雅樹は、今ではめちゃくちゃに甘く、優しく、そしてとてもイジワルな恋人になった。

……たしかに、ここには監視カメラはないだろうけど……。

あたたかな湯気の中、降り注ぐミストシャワーの雨に打たれながら、僕は甘い声を必死で我慢する。

「……ンン……」

……でも、誰かが更衣室に入ってくるかもしれないし……。

プールやトレーニングジムと同じように、この更衣室もまるで高級ホテルにいるかのようにとてもリッチな雰囲気だ。間接照明に照らされ、淡いクリーム色の大理石が張られた床と壁。曇りガラスで仕切られたシャワーブースは、一つ一つがとても広い。シャワーは身体を洗う時の水滴のシャワーだけでなく、身体をあたためるための霧状のミストシャワーにすることができる。

雅樹はここに入るとすぐに僕の身体からバスタオルを剝《は》ぎ取り、それをフックにかけてしまった。そしてあたたかなミストシャワーの下で僕を後ろから抱き締めたんだ。

「ずっと泳いでいたから身体が少し冷えている。きちんとあたたまらないと」

囁きながらキュッと抱き締められて、僕の身体が震えてしまう。

「……あ……」

「今日の君の泳ぎがどうだったか、聞きたい？」

低い美声で囁かれ、耳たぶをゆっくりと舐《な》め上げられて、僕の身体が細かく震える。

「……あぁ……聞きたい、ですけど……っ」

「教えたとおりの、美しいフォームだった。少しだけ、腕の伸ばし方が甘かったようだが」

囁いて、彼の両手がお湯に濡れた僕の腕をゆっくりと撫《な》で下ろす。少し力を入れて撫で上げられて、まるでマッサージをされているような気分になる。

「……あ……っ」

全速力で泳いだ後で、重く痺《しび》れているような腕。彼の手の感触がとても心地いい。

「きちんと解《ほぐ》しておかないといけない。明日の仕事に差し支えたら大変だ」

彼の手のひらが僕の二の腕をゆっくりとマッサージしてくれる。

「……あ、気持ち、いい……」

僕の唇から思わず漏れた呟《つぶや》きが、静かなミストシャワーの水音と混ざりながらシャワーブースに響く。なんだか妙にいやらしく聞こえた自分の声に、僕は一人で赤くなる。

「こら、イケナイ子だ」

彼は、僕の耳元で小さく笑う。

「そんな色っぽい声を出されたら、我慢ができなくなる」

「……あっ！」

彼の手のひらが身体の前に回る。彼の指先が乳首をかすめ、腰が跳ね上がってしまう。

「……あ……んん……っ」

唇から我慢できない喘《あえ》ぎが漏れてしまい……僕は慌てて唇を噛《か》む。

……ああ……なんていやらしい声を出してるんだ、僕は……？

「まだ寒い？」

彼が耳元で囁きながら、濡れた乳首の周りに指先で円を描く。

「乳首がこんなに尖《とが》ってしまっている」

「……ン……ッ！」

乳首の先を摘《つま》まれ、そのままキュッキュッと揉《も》み込まれて、身体に激しい電流が走る。

「……ダメ……雅樹……」

脚の間に、熱がギュウッと凝縮してくるのが解る。

「……あぁ……っ」

ここのところ忙しくて、彼とデートをする暇がなかった。そのせいで僕の身体はとても敏感になり、胸への愛撫《あいぶ》だけでこんなに感じてしまって……。

「……やめ……あ……っ」

背中に触れている彼の体温と、お湯で滑る肌の感じが、なんだか妙にリアルだ。競泳用の薄い生地の水着が、下から強く押し上げられてくるのが解る。

「……お願いです……」

僕は責め苛《さいな》むように乳首をくすぐる彼の手を、自分の手でキュッと握り締める。

「何をお願いされているのかわからない」

耳に吹き込まれるのは、それだけで蕩けてしまいそうな甘い囁き。水着の下で硬くなり始めてしまった僕のいやらしい屹立《きつりつ》が、その囁きに、ヒク、と反応してしまうのが解る。

「言いたいことがあるのなら、きちんと言ってごらん？」

囁いて耳たぶをチュクッと吸い上げられ……競泳用の水着に締め付けられた屹立から、熱い蜜《みつ》が溢《あふ》れてしまうのを感じる。

……ああ、このままじゃ、胸だけでイキそう……。

「……いけません……恥ずかしいから……」

唇から漏れた囁きは、まるで誘っているかのように甘くて、僕はますます恥ずかしくなる。

「忙しいと言って一週間もお預けにする。しかもやっとこぎつけたデートだというのに、君はジムに来る前、西大路《にしおおじ》氏と楽しそうに長電話をした」

低い声で囁いた雅樹が、僕の耳たぶをキュッと甘噛みする。

「……ンン……ッ」

「少しくらい恥ずかしい思いをしてもらわないと、お仕置きにならない」

指先で乳首の先をくすぐられ、肩口に甘く歯を立てられて身体がヒクリと跳ね上がる。

「……ああ……もう……っ」

彼にいいところを見せようとして、張り切って泳ぎすぎてしまった。そのせいで全身が脱力している。さらに、こんなところでこんな淫《みだ》らなことをされたら……。

「……出ちゃうから……ダメ……」

僕の唇から、恥ずかしすぎる言葉が漏れた。雅樹は愛撫の手を止めて、ゆっくりと僕の身体の向きを変えさせる。

……ああ、こんなに硬くしているのを、見られてしまう……。

僕はとっさに手を動かし、両手で前を隠そうとする。

「ダメだよ。恋人である俺に隠しごとは許さない」

雅樹が意地悪く言って、僕の両手首を摑んで止める。

「……あ……」

恥ずかしすぎて彼の顔を見ることができずに、僕は思わず目を閉じてうつむく。

「……み、見ないでください、僕……」

「なんて子だ。スポーツジムのシャワーブースで、前をこんなにしているなんて」

雅樹がわざと驚いたような声で言い、僕はますます真っ赤になる。

「……だって、あなたが触るから……」

「ここにはまだ指一本触れていないだろう？」

「……それでも……っ」

「胸をほんの少し撫でられただけで、こんなにしてしまうなんて」

指先で屹立の先端に触れられて、水着の布地に先走りの蜜が溢れてしまうのが解る。

「……ア……ッ」

「君も俺とのデートを待ちわびてくれていた？　とても感じているように見える」

薄い布地に包まれた先端に、彼の指先が円を描く。

「……ンンッ！」

ヌルヌルとした手触りに、自分がどんなに濡れてしまっているかに気づく。

「感じているなら、感じていると言いなさい」

囁きながら耳たぶにキスをされて、僕は今にもイッてしまいそうなほど感じてしまう。

「……ああ……っ！」

……でも、いつほかの人が入ってくるか解らない、こんなところで……。

「……いけません、雅樹……」

「まだそんなことを言うのか？　こんなに勃てて、こんなにヌルヌルに濡らしているくせに」

彼の手が、僕の水着のゴムの部分にかかる。次の瞬間、プルン、と僕の屹立が布地の下から弾《はじ》け出てしまう。

「……ああ、ダメ……」

僕は恥ずかしさのあまりかぶりを振るけれど、身体はどうしようもなく痺れてしまっていて……。

「こんなにしてしまって。とてもつらそうだ」

彼が囁きながら、僕の屹立を大きな手の中に握り込む。

「……くう……っ」

彼の手の感触に僕の屹立が、ビクン、と大きく跳ね上がる。

「……許してください、雅樹……イッちゃうから……！」

僕の唇から今にも泣きそうな声が漏れた。雅樹は僕の耳たぶをキュッと甘噛みして、

「恥ずかしいと、感じる？　いつもよりとても早いようだが」

「……だって、こんなところで抱き合うなんて……」

ロマンティックな間接照明に照らされたシャワーブースが、快楽の涙に潤む。

「……すごくイケナイことで……」

「こんなに感じて、勃てたままで、外に出られる？」

雅樹がすごくイジワルな声で言って、反り返った僕の屹立の側面をそっと指で辿《たど》る。

「……く、う……っ」

「ここをこんなにしたままで受付の前を通り、このビルを出て、ショッピングモールを抜ける。部屋までは五分程度だが、日曜日の夜だから人は多いだろうな」

彼の指先が側面をゆっくりと撫で上げて、僕はもう……。

「……我慢……できません……」

「それなら、一度だけイカせてあげよう」

湯気の中に響く彼の美声は蕩けてしまいそうにセクシーで、僕はそれだけでもう達してしまいそうだ。

「でも……シャワーブースが汚れてしまうから……」

必死で最後の抵抗をすると、雅樹はその端麗な顔にすごくセクシーな笑みを浮かべる。そして僕の前にまるで優雅な騎士みたいにひざまずく。

「その心配はない」

囁いて僕の腰をグッと引き寄せ、そのまま……。

「……アアアッ！」

屹立をあたたかな口腔にすっぽりと包まれて、僕は我慢できずに甘い声を出してしまう。

「……そんなことされたら、僕……ンンッ！」

彼はその熱い舌で僕の屹立の先端を愛撫し、チュッと甘く吸い上げてくる。

「……ダメ、待ってくださ……アア……ッ！」

腰を抱き締めていた雅樹の両手が滑り、僕の双丘を左右にキュッと分ける。

「……あっ！」

しっとりと濡れた僕の谷間に、彼の指が滑り込んでくる。

「……ダメ……あ、あ……っ！」

彼の指は僕のスリットを何度も往復して焦《じ》らし、それからやっと蕾《つぼみ》の在処《ありか》を見つけだす。

「……あっ！」

蕩けそうになっている蕾に、彼の指先がキュッと当てられる。

「蕾がヒクヒクと震えているよ。舐められるとそんなに感じる？」

僕の屹立を口腔から解放した彼が、先端に唇をつけたままで囁く。唇が張りつめた先端をかすめるたび、僕の中でたまらない快感が湧《わ》き上がって……。

「……あ……雅樹……雅樹……」

僕の手が動き、勝手に彼の濡れた髪の中に滑り込む。

「イケナイ子だ。もっと舐めて欲しいんだね？」

雅樹が囁いて、僕の先端を口に含む。一番感じやすい先端を舌でヌルヌルと舐められて、あまりの快感に、思わず彼の頭をキュッと引き寄せてしまう。

「……ん、ダメ……っ！」

蕾が甘すぎる愛撫に蕩けた瞬間、彼の指が僕の中に押し入ってくる。

「……ンンーッ！」

MASAKI　2

彼の反り返った長い睫毛が、朝の陽光に煌めいている。

ここは天王洲にある俺の部屋。建築家である父親が設計したオフィスビルの上階のツーフロアを、吹き抜けの住居用にデザインしなおして住んでいる。

一階は白い大理石の床を持つ、広いリビング、それにつながった機能的なキッチン。そして俺と晶也のデザインデスクが並べて置かれたアトリエ。

リビングからパンチングメタルの階段を上ったロフトにあるのが、このベッドルーム。キングサイズのベッドを置いただけのごくシンプルな空間だ。

会社に行く朝にはいつも俺より早く起きる晶也が、今朝はぐっすりと眠っている。

……昨夜の彼が可愛すぎて、自制ができなかった。疲れさせてしまっただろうか？

艶《つや》やかに光る薄茶色の髪。真珠のように白く滑らかな頬《ほお》。すっと通った可愛い鼻筋、そして昨夜の深い愛の余韻を残した色っぽい珊瑚《さんご》色の唇。

俺のありったけの愛を受けた後の彼は、本当に美しい。

「……ンン……」

俺の視線を感じたのか、晶也がかすかに身じろぎをする。

彼の身体を包んでいたシーツがずれ、首筋から肩にかけての美しいラインが露《あら》わになる。

ベッドの上で熱く愛を交わした後、ベタついた身体を洗うために二人で風呂に入った。彼は水泳とセックスでとても疲れていたらしく、風呂の中でとても眠そうだった。

バスローブで彼の身体を包み込み、彼が階段を踏み外さないようにロフトまで抱いて来てやったが……彼はベッドに横たわったとたんにもう寝息を立て始めてしまった。湿ったバスローブだけは脱がせたが、彼を起こしてしまいそうでパジャマを着せることができなかった。そして全裸のままの彼を抱き締めて眠った。彼のあたたかな体温と滑らかな肌の感触、それにフワリと立ち上る彼の芳《かぐわ》しい香りに、さらなる欲望を刺激されそうになりながら。

「……おはよう、晶也」

囁いて、彼の髪にそっとキスをする。

「……ンン……」

晶也は小さく呻《うめ》いて、まるで蝶《ちょう》が羽ばたくようにゆっくりとその長い睫毛を瞬《しばたた》かせる。

「……雅樹……」

晶也は、普段でも語尾のわずかにかすれる、とても甘い声をしている。そして今朝の彼の声はいつもよりさらにかすれ、さらに甘い。

「咽喉《のど》が痛くない？　昨夜、喘ぎすぎた？」

囁いて、その可愛らしい鼻先にそっとキスをしてやる。

「……え？　あ……たしかに声が……」

晶也は手を上げて自分の咽喉に触れ……そして動いた拍子に自分が全裸であることに気づいたらしい。

「……あ……っ」

慌てたようにシーツを引き上げ、耳たぶまでを綺麗なバラ色に染める。

「すみません、僕、昨夜……ええと……」

「風呂から出てバスローブを着せたところで、もうとうとしていた。ロフトに抱いて上がり、ベッドに寝かせたとたんに寝てしまった」

「……す、すみません……」

晶也はとても恥ずかしそうな声で言い、それからハッとしたように身を起こして枕元に置かれた時計を見る。

「……うわっ！　しかも寝過ごしてる！」

晶也は慌てて起き上がり、シーツを身体に巻き付けてベッドから下りる。

「……あぁっ！」

そのまま駆け出そうとして……ふいにカクンと座り込みそうになる。俺は慌てて立ち上がって手を伸ばし、彼の身体を後ろから抱き留める。

「いつも言っているだろう？」

シーツにくるまった彼の身体を、そのまま抱き上げる。

「どんなに急いでもベッドから不用意に下りないこと。セックスをした次の朝、君は腰が立たないことが多いんだから。……今朝もそうだろう？」

「……う……」

晶也はその白い頬を綺麗なバラ色に染めて、

「……だって、あなたがあんなにイジワルするから……」

その拗《す》ねたような言い方が可愛らしくて、俺は思わず笑ってしまう。

「一緒にシャワーを浴びよう。別々に浴びるよりも時間の節約になる。遅刻しないですむよ」

俺が言うと、晶也は恥ずかしそうに目を潤ませて俺を甘く睨《にら》む。

「わかりました。でも、変なことしたら、ダメですよ？」

……ああ、俺の恋人は、本当に可愛らしい。

AKIYA 2

「あきやが遅刻ギリギリなんて珍しいなっ！」

肩を叩かれて、僕は慌てて振り返る。

そこに立っていたのは、同期のデザイナーの森悠太郎《もりゆうたろう》。僕の美大生時代からの親友だ。ジャニーズ系と呼ばれている整ったルックスの彼は、美大生の頃からとてもモテていた。だけど面倒見がいいから僕のことばっかり構っていて、いまだに恋人がいない。

……どうやら、恋人候補はいるみたいだけどね。

ここは僕と雅樹が勤めているガヴァエッリ・ジョイエッロの日本支社、宝石デザイナー室。僕の寝坊のせいで今日は雅樹も僕も揃《そろ》って遅刻ギリギリになってしまった。なんとか飛び込んでデザイナー室の朝礼を終え、雅樹は朝の定例会議に出ている。

「ちゃんと早めに来てくれないと困るよぉ、篠原ちゃん。ひらデザイナーの君と世界的に有名な黒川チーフじゃ、立場が全然違うんだからさぁ」

一番近いチーフ席に座った田端《たばた》チーフが、嫌味な声で言う。

「は……はい、すみません」

……たしかに……僕と雅樹は全然立場が違う。恋人として気安く接してもらっているのはただのラッキーなんだよね。

彼の言った言葉に、僕の心がズキリと痛む。

彼はいつもこの調子だし、特に雅樹とガヴァエッツリ・チーフがいない時にはさらに嫌味に拍車がかかる。だからいちいち傷つくことはないんだって、解ってはいるんだけど。

「……気にすることないですよ。昨日またお見合いを断られたみたいで、田端チーフ、朝からずっとこんな調子だし」

声をひそめて囁いてきたのは、隣の席の広瀬《ひろせ》くん。僕や悠太郎よりも一年下の新人デザイナー。僕と悠太郎とは、同じ美大の後輩でもある。

「……ありがと」

落ち込みそうになっていた僕は、広瀬くんの優しい声にちょっとだけ浮上する。

「……いえ、晶也さんに笑ってもらえるなら、おれ、どんなことでも……」

「何だよ広瀬、あきやを口説こうなんて、百年早いっ！」

悠太郎が広瀬くんを小突いて、それから何かに気づいたような声で、

「あきや、後ろの髪の毛が跳ねてる。寝癖？」

「え？　本当だ。シャワーを浴びて、その後ちゃんと乾かさなかったから……」

慌てて髪を撫でつける僕の姿を見て、デザイナー室の紅二点、野川《のがわ》さんと長谷《はせ》さんが笑う。

「晶也くん、か〜わ〜いい〜！」

「見とれるような美人なのに、どっか抜けてるところが、たまらないのよねえ〜」

僕はいつまでも男らしくならない自分のルックスに、ずっとコンプレックスを持っている。

だから男なのに可愛いとか美人とか言われるのは本当は心外なんだけど……この二人のからかいの言葉は罪がないし、いつものことだから素直に笑うことができる。

「そういえば黒川チーフもギリギリって、珍しいっすよねぇ？」

隣のチームから言ったのは、柳《やなぎ》くん。

「もしかして二人は週末を一緒に過ごして、そのまま一緒に出勤だったりして！」

彼の罪のない冗談に、僕は思わず顔を引きつらせる。

……この類《たぐい》の冗談には未だに慣れることができない。だって、本当のことだからね。

「きゃあ〜、ステキ！」

「あんなにハンサムな黒川チーフとこんなに綺麗な晶也くんが、二人きりで週末、そして一緒に出勤！　まさに乙女の夢だわ〜！」

野川さんと長谷さんが黄色い声で言い、田端チーフが「うるさいよ、二人とも！」と叫ぶ。

二人は全然気にしないで、きゃあきゃあ言ったままだけど。

僕の向かいに座ったサブチーフの瀬尾《せお》さんが、その様子を見ながら苦笑する。

「男同士なんだから、別に一緒に出勤したっていいじゃないか。黒川チーフは毎日車だし、ラッシュの電車に揺られてくるよりもよほど楽だよね？」

「そうそう。晶也くんと黒川チーフはよく飲んでいるみたいだし、そのまま泊まることだってあるだろう？　ああ、家族サービスのある僕は、自由な週末がうらやましいなあ」

このデザイナー室で唯一の妻子持ちの三上《みかみ》さんが、向こうの島から言う。野川さんが、

「私たちが言ってるのは、そういう週末じゃないんです！」

「そうそう！　もっとこう、甘くてラヴラヴな……」

「誰と誰がラヴラヴなのかな？」

ドアの方から声がして、仕事もしないでしゃべっていた僕たちはいっせいに振り返る。

そこに立っていたのは、いかにも仕立てのよさそうなイタリアンスーツに身を包んだ、背の高い男性。癖のある黒い髪が、形のいい額に落ちかかっている。パリコレモデルみたいな完璧なスタイルと、彫刻みたいに端麗な顔立ちをしたすごい美形だ。

「ブォン・ジョルノ、コメ・スタ？　今朝も元気そうだな、諸君？」

ブリーフケースを下げた彼は、楽しげに言ってチーフ席に向かう。

彼の名前はアントニオ・ガヴァエッツリ。ガヴァエッツリ・ジョイエッロの社長令息であり、本社副社長と、この日本支社宝石デザイナー室のブランドチーフを兼任している。

「おはようございます、ガヴァエッツリ・チーフ！」

さっきまで横柄だった田端チーフが、急に愛想よく挨拶《あいさつ》をしている。デザイナー室の面々も口々に挨拶を返す中、悠太郎だけが怒った声で言う。

「能天気に言ってもごまかされないぞ！　二十分の遅刻！　黒川チーフたちは朝の定例会議に出てるって言うのに！」

「月曜の朝の定例会議は、日本支社独得の退屈で儀礼的なものだ。イタリア本社副社長である私が出席する必要はない」

彼は肩をすくめて平然と言う。ますますムキになった悠太郎が、

「またそんなこと言ってごまかすんだから！　遅刻は遅刻だろ？」

ガヴァエッリ・チーフはブリーフケースをデザインデスクの上に置いて、椅子に深く座る。悠々とした態度で背もたれに背中を預け、なんだかセクシーな目で悠太郎を見つめる。

「土曜、日曜と、私に会えなくて寂しかったのか、ユウタロ？」

「へっ？」

「だからそんなに拗ねているのか。一分でも早く私に会いたかったんだな」

「きゃ〜、悠太郎、そうなの？」

「なんだ、こっちもラヴラヴじゃな〜い？」

野川さんと長谷さんが言って、楽しそうに笑っている。

悠太郎は呆然《ぼうぜん》とした顔でガヴァエッリ・チーフを見返していたけれど、二人の声にハッと

我に返り、それからカアッと赤くなる。

「そんなわけないだろ――――っ！」

悠太郎が思い切り叫んだ時……。

「廊下まで声が響いているよ、森くん」

会議用のファイルを片手に持った雅樹が、デザイナー室に入ってくる。

「そしてガヴァエッリ・チーフは今朝も遅刻ですか？」

チャコールグレイの、とても仕立てのいいイタリアンスーツ。若々しい薄いブルーのワイシャツ、完璧な形の細目のウインザーノットに締めたブルーを基調にしたレジメンタルタイ。

艶のある黒い髪、陽に灼《や》けた肌。

意志の強そうな眉、スッと通った鼻筋、男っぽい唇。

その視線にセクシーさを加える長い睫毛、そして黒曜石のように煌めく漆黒の瞳。

休日の雅樹は、めちゃくちゃに甘くて、少しエッチで、そしてとてもイジワルな僕の恋人だ。そして会社での雅樹は……凛々しくて格好いい、心から尊敬できる上司になる。

……僕の雅樹は、どっちも本当に素敵だ……。

自分の席に座った雅樹は、僕の視線に気づいたように目を上げ、唇の端で微笑《ほほえ》んでくれる。

彼に見とれていたこと、それに自分の考えを読まれてしまったような気がして、僕の頬が思わず熱くなる。

「ああ……コホン。なんなんだ、その濃密な視線の絡み具合は？」

ガヴァエッリ・チーフが雅樹と僕を見比べながら、わざとらしく咳払《せきばら》いをする。

「ラヴラヴな週末を過ごしたのが見え見えだぞ、マサキ。今朝のアキヤは妙に色っぽいし」

「きゃ〜、やっぱりそう思いますよね？」

「二人にただならぬ気配を感じるのは、私たちだけじゃないのよっ！」

実は。雅樹と僕が恋人同士であることは、会社には絶対に秘密なんだけど……ガヴァエッリ・チーフと、そして悠太郎だけはそれを知っているんだ。

雅樹は、イタリア本社時代から、自分が女性に興味のないゲイであることをガヴァエッリ・チーフにカミングアウトしていた。ガヴァエッリ・チーフも、同じように女性には興味が持てない人らしい。面倒を避けるために、会社で公言することはないけれど。

悠太郎はカノジョがいたこともあるらしいから、ゲイというわけではないと思う。でも彼独得の鋭い勘で、僕と雅樹が愛し合っていることに気づいていた。親友である彼に問いつめられて、僕は嘘をつくことができずに雅樹を愛している、自分はきっとゲイだ、とカミングアウトした。

さらにそれだけじゃなく。一年くらい前のクリスマスの夜、僕と雅樹はベッドで抱き合っているところを悠太郎とガヴァエッリ・チーフに目撃されてしまった。もう、二人にはすべてを知られてしまっているって感じ。いろいろなことがあったけれど、今はガヴァエッリ・

チーフも、そして悠太郎も、僕らのことを応援してくれている。

……でも、ガヴァエッツリ・チーフのこの露骨な冗談は、できれば勘弁して欲しいんだけど。

僕は、二人に目撃されてしまったあの夜のことを思い出してますます赤くなる。

……まあ、彼があまりにも平然と露骨なことを言ってくれるせいで、まさか本当に僕と雅樹が恋人同士だなんて、誰も思わないんだけどね。

「私もできればユウタロとラヴラヴな週末を過ごしたかった。なのに彼は私からの誘いを断って大学時代の友人とスノーボードに出かけてしまうし」

ガヴァエッツリ・チーフが悠太郎をチラリと睨む。悠太郎はなぜか頬を染めながら、

「オレにだって友達づきあいがあるの！　いつもあなたとばっかりはいられないってば！」

「……いつも……？」

「……あなたとばっかり……？」

野川さんと長谷さんが言って、顔を見合わせている。長谷さんが呆然とした顔で、

「ってことは、普段の週末はいつも一緒にいるってこと……ですか？」

ガヴァエッツリ・チーフは誇らしげにうなずいて、

「まあね、私とユウタロは、ほとんど恋人同士のようなものだ。私が長期滞在しているホテルに彼はしょっちゅう泊まりに来ているし」

「それは終電がなくなるから仕方なく！　恋人とかじゃ全然ないし！」

悠太郎が拳《こぶし》を握りしめて、思い切り叫んでいる。

……僕は、悠太郎とガヴァエッリ・チーフは相思相愛じゃないかと思ってるんだけど。

……悠太郎は口が悪いし、いかにも世慣れてる様子を装ってる。だけど、本質は人一倍シャイで純情だ。もしそうだとしても、前途多難な気がするんだけどね。

「拒否された。本当に冷たいんだからな」

ガヴァエッリ・チーフが笑みを浮かべて言う……けど、その笑みがなんだかちょっと苦しげに見えて、僕の心が痛む。

……悠太郎の方はともかくとして、ガヴァエッリ・チーフは絶対悠太郎のことが好きだと思う。悠太郎がひどいことを言うと、そのたびに笑いながらも微《かす》かに傷ついた顔をするし。

……これって、ちょっと可哀想《かわいそう》かも。

「私が始業時間に間に合わなかったのは、別に寝坊をしたせいじゃないんだが」

ガヴァエッリ・チーフが苦笑混じりの声で言い、僕に視線を移す。

「ホテルを出る直前に、ソウルから国際電話があった」

「……えっ？」

僕はその言葉にドキリとする。

「ソウルからというと、もしかして相手はユーシン・ソンさんですか？」

僕が言うと、ガヴァエッリ・チーフはうなずいて、

「ご名答。仕事の都合で、彼は日本に来るらしい。この間、彼の口座にインペリアル・トパーズの代金を振り込んだのだが、無事に領収したという書類を渡したいとのことだ。今夜、彼と会う約束をした」

「そうですか」

僕は不思議なほどホッとしてしまいながら言う。

「あのチョーカーが無事に売れて、ユーシンさんに代金を支払えて、本当によかったです。よろしくお伝えください」

ガヴァエッリ・チーフは可笑《おか》しそうに笑いながら、

「私のようなごつい男と差し向かいで食事、なんてつまらないリクエストを、あのユーシン・ソンがするわけがないだろう？　もちろん君も一緒だよ、アキヤ」

「僕も、ですか？」

「そう、それにマサキと……さらにミドウ・キタガワも呼べとのことだ」

「ああ……なるほど」

その言葉に、僕は思わず納得してしまう。ユーシンさんと喜多川御堂《きたがわみどう》さんはどうやら昔からの知り合いみたいで、さらにユーシンさんは御堂さんに夢中なように見えた。ユーシンさんに露骨に誘われて、御堂さんは照れた顔で乱暴に拒絶していた。だから今回も、ユーシンさんの本当の目的はきっと御堂さんと会うことだろう。

……あの二人も、なんだか微笑ましいんだけど。

「後で御堂さんのアトリエに電話してみます。もしかして逃げられちゃうかもしれませんが」

僕の言葉にガヴァエッリ・チーフは可笑しそうに笑う。

「『アキヤからの誘いならミドウはきっと断れない』と彼は言っていた。自分が誘っても逃げられてしまうと自覚しているんだろう」

「誰も正体を知らなかった謎の宝石王、ユーシン・ソンと、一緒に夕食かぁ」

悠太郎が、なんだかしみじみした声で言う。

「あきや、だんだん大物って感じになってきたなぁ。ちょっと遠い人って感じ」

「何言っているのかな、悠太郎は？　ユーシンさんと知り合えたのは御堂さんのおかげ。本当にたまたまなんだってば」

「でもオレはあきやのことがずっと好きだからなっ！」

悠太郎が言って、いきなり僕に抱きついてくる。

「うわ、悠太郎ったら」

抱き締められた僕は、笑ってしまいながら、

「痛いってば、そんなにギュウギュウしないで……」

「ユウタロ。そんなに見せつけるものじゃない」

「森くん。篠原くんから手を離しなさい」

ガヴァエッリ・チーフと雅樹が同時に言い、ほかのメンバーが噴き出している。ガヴァエッリ・チーフが咳払いをして、

「私は今夜、抜けられない会議がある。それを終えてから行くので、せいぜい三人でご機嫌をとっておいてくれ」

「僕や黒川チーフよりも、やはり……」

僕が言いかけた時、デザイナー室のドアがノックもなしに開いた。

「よお、晶也。次の仕事の打ち合わせに来たぞ」

綺麗な姿に合わぬ乱暴な口調で言ったのは、噂をすれば影、の喜多川御堂さんだった。

「こういうのを日本語で『飛んで火に入る夏の虫』というのかな？」

ガヴァエッリ・チーフの呟きに、デザイナー室のメンバーはまた噴き出したんだ。

◆

「五千万円か。素晴らしい評価がついたじゃないか、アキヤ」

丸テーブルの向こう側に座ったダンディな男性が、楽しげに言う。

「買い手はアラブの大富豪らしいね。君がデザインし、ミドウが制作した作品なら、高値がつくと思った。……ガヴァエッリ・ジョイエッロとの賭《か》けは私の勝ち、ということかな？」

彼の名前は孫《ソン》・庚信《ユーシン》さん。三十三歳。韓国に在住の大富豪で、いくつもの宝石鉱山を持つ実業家。そして天文学的な価値の宝石を数え切れないほど所有する、宝石コレクターとしても有名な人だ。セキュリティーのためか、それとも目立つことを潔しとしないのか、彼のプライバシーはまるで国家機密並みに守られている。だから僕は『宝石王・ユーシン・ソン』と呼ばれる人はとても高齢の気難しいおじいさん、もしくはただの宝石業界の伝説で実在しない人物なんだと勝手に思っていた。彼に初めて会えると知った時にはとても驚いたし、彼が想像と全然違う、若くて逞しいハンサムだったことにさらに驚いた。

彼が言っている『あのチョーカー』というのは僕が『セミプレシャスストーン・デザイン・コンテスト』のためにデザインしたチョーカーのこと。中石《なかいし》としてセットした美しいインペリアル・トパーズは、このユーシンさんから借り受けたものだった。

普通なら、その中石を使うことに決まった時点で、ガヴァエッリ・ジョイエッロとユーシンさんの交渉が始まり、交渉で決まった代価が支払われる。だけど、気まぐれなユーシンさんはある条件を出した。『インペリアル・トパーズの代価はあのチョーカーが売れた時、その売値の三十パーセントで支払うこと』っていう。

「あのインペリアル・トパーズは私のコレクションの中でもとても素晴らしい物だったが……もしも値段をつけるとしたら、円にして八百万から九百万だったろう。ガヴァエッリ・ジョイエッロの手練《てだれ》の副社長が相手では、もっと買い叩かれたかもしれない」

ユーシンさんは可笑しそうに言い、満足げな顔で、

「だが、君の素晴らしいデザインのチョーカーにセットされたおかげで、あのインペリアル・トパーズは一千五百万円の価値を得た。君の才能に感謝しなくては」

あの時。チョーカーに思いのほか高額の売値がつけられたことに僕は驚き、そしてもしも売れなかったらユーシンさんに代金を払えないんだ、と思ってプレッシャーを感じていた。世界的に有名な雅樹やガヴァエッリ・チーフならともかく、無名な僕がデザインした商品がそんなに高額で、しかも速やかに売れるのかどうか、まったく自信がなかったし。

……まあ、そのせいである事件に巻き込まれて、雅樹たちに心配をかけてしまったんだけどね。

「あなたって、いつも金のことばかりだよな」

ユーシンさんと僕の間に座った男性が、韓国風の生姜茶《しょうがちゃ》を飲みながら皮肉な声で言う。

「まずはあのチョーカーの素晴らしさを誉《ほ》めたらどうなんだよ？　どうせこっそりガヴァエッリ・ジョイエッロ銀座店まで見に行ったんだろ？」

彼は喜多川御堂さん。黒いシャツとスラックスに包まれたダンサーのようにしなやかな体つき。背中に垂らしたカラスの濡れ羽色の髪、端整な顔立ち。グラビアモデルと言われたら深くうなずきそうなすごい美形だけど、実は宝飾品の職人さんだ。人間国宝として知られた一流の金細工師、喜多川誠堂《せいどう》さんの孫で、彼自身も世界的な賞をいくつも獲っている天才だ。

「私のことはすべてお見通しというわけか？　それとも気になって仕方がない？」

ユーシンさんが、韓国風の濁り酒、マッコリの入ったグラスを傾けながら言う。

「あなたのことなんか、気になるわけがないだろうっ？」

御堂さんがやけくそになったように生姜茶を飲み干す。

御堂さんを見つめるユーシンさんの視線がとんでもなくセクシーであることに気づいて、僕まで思わず赤くなる。

……やっぱりこの二人って、密《ひそ》かに恋人同士なのかな……？

僕たちがいるのは、西新宿にある高層ホテル。その最上階にある韓国宮廷料理のレストラン、その一番奥にある豪華な個室だ。

韓国料理の店に行くと聞いて、僕は悠太郎たちと行ったことのある庶民的なお店を思い出していた。和室と同じように座布団を敷いて床に座る店で、オンドルという自然の煙を利用した床暖房が入っていた。料理はプルコギという甘口のタレで食べる焼肉とか、豆腐チゲとか、キムチとか。僕らは韓国焼酎を飲んで盛り上がった。

……だけど、世界的な大富豪のユーシンさんが、そんな庶民的なお店にお客を招待するわけがなかったんだよね。

僕は姿勢を正してしまいながら、個室の中を見回す。

大きく取られた窓から見渡せる夜景。真っ白な大理石の床。細かな細工の金具に飾られたアンティークらしいシックな李朝家具が、間接照明の中にライトアップされている。

僕らは円形の美しい艶のある黒いテーブルを囲んで座っているんだけど、テーブルの表面には中国のそれとは少し違う雰囲気で、美しい螺鈿《らでん》細工が施されている。

「実は。ミドウの言うとおり、銀座店に行かせてもらった。どうしても完成品が見たくてね」

ユーシンさんの言葉に、部屋の豪華さに見とれていた僕はハッと我に返る。

「ええと……銀座店のスタッフが、あのチョーカーが見たいという予約が入ったらすぐに電話しますと言ってくれていたんです。何組ものお客様が見てくださったみたいなんですが、予約者名簿にあなたのお名前は……」

「詮索《せんさく》されるのも面倒だし、ミドウに笑われそうだからね。適当な名前で予約を入れた」

ユーシンさんが唇の端で笑う。その笑みはかなり迫力があって……彼が裏社会でも権力を握っているんじゃないかって噂もちょっとだけ信じたくなる。

「晶也がデザインし、御堂くんが作り上げたチョーカーの、ご感想は？」

僕の隣に座っている雅樹が、韓国の地酒、トンドン酒の入ったグラスを持ち上げながら言う。ユーシンさんは雅樹に視線を移して言う。

「素晴らしいの一言だった。できればあのまま私のコレクションに加えたいくらいだった」

彼の低い声には深い賞賛の響きがあって……僕の頬が喜びに熱くなる。

「それに……」

彼は、御堂さんの顔を愛《いと》おしげな視線で眺めながら言う。

「あれは、天才であるミドウの作品としても群を抜いていた」

「なんだよ、それ？　おれの作品に悪いものがあるみたいじゃないか」

御堂さんが頰を赤くしながら、でも強気な口調で言う。

「君の作品に悪いものはないよ。どんなに有名なデザイナーからの依頼だとしても、デザインが気に入らなければその時点で断ってしまうことはあるけれど」

図星を指された御堂さんが、低く呻く。ユーシンさんは低く笑って、

「気にすることはない、ミドウ。君が作るに価するような秀れたデザインを描けるデザイナーは、そうは多くない」

彼は、漆黒の瞳で僕をまっすぐに見つめて言う。

「天才職人であるミドウを発奮させ、それだけでなくミドウの新しい資質をあそこまで引き出した。君の才能は天賦《てんぷ》のものだよ」

「……いえ……」

僕の唇から、かすれた声が漏れた。

「……僕には、才能なんて全然……」

ユーシンさんは、今度は雅樹に視線を移す。

「君の恋人は、もう少し自信を持ったほうがいいですね。ただでさえこんなに美しく、しか

もとんでもない才能を秘めている。……悪い人間に騙《だま》されないように気をつけなければいけない」

ユーシンさんの言葉に、僕はドキリとする。

実は。あのチョーカーが売れなかったらどうしようと焦っていた僕は、宝石好きの京都の大富豪、西大路兄妹にあっさり騙され、最後には乱暴されそうになってしまったんだ。

結局は雅樹や御堂さん、それに同僚の悠太郎の機転のおかげで寸前で助かったし、それが縁で西大路家の当主と知り合うことができて、雅樹は素晴らしい桃色珊瑚を手に入れることができた。だから、とりあえずめでたしめでたしではあったんだけど……。

あの時、自分のマヌケさのせいで迷惑をかけてしまったことを後ろめたく思っている僕は、隣に座った雅樹を横目で見る。雅樹は僕をチラリと横目で見返してから、

「晶也が騙されやすいことには同感です。ですが……」

雅樹がのグラス越しにユーシンさんを見つめる。

「……晶也のことは俺が守ります。どうかご心配なく」

ユーシンさんは少しだけ驚いたような表情になり、それからさっきまでとは少し違う、可笑しげな笑いを浮かべる。

「それは失礼」

それから御堂さんに向かって小声で囁く。

「ガヴァエッリ・ジョイエッロのチーフデザイナーさんは、とても嫉妬《しっと》深そうだ」

……うわ、こっちにも聞こえてるんですけど。

頬を引きつらせる雅樹を見て、御堂さんが意地悪く笑う。それから小声で、

「そう、めちゃくちゃ嫉妬深いんだよ。おれもすんでのところで退治されそうになったしね」

……そういえば、雅樹が御堂さんを攻めだと勘違いして、彼のアトリエにカンヅメになった僕をめちゃくちゃ心配した事件もあったんだよね。

コンコン！

ノックの音が響き、続いてドアが大きく開かれる。

「抜けられない会議が長引きました。遅くなって大変失礼しました」

言いながら入ってきたのは、ガヴァエッリ・チーフだった。

「いいえ。急にお呼び立てしたのは私の方ですから」

ユーシンさんが立ち上がり、ガヴァエッリ・チーフと握手を交わす。

「直接お会いするのは、あのスター・ルビーの件、以来でしょうか？」

ガヴァエッリ・チーフが言い、ユーシンさんが何かを思い出したように笑みを浮かべる。

「あの巨大な原石をキャッシュで買い取った、あなたの眼力には驚きました。そして今では
これだけの才能に溢れるデザイナーを身近に置いている。さすがだな」

長身の、しかも並みはずれた美形の二人が間近に言葉を交わすところはなんだかすごい迫

力で……見ている僕の方が冷や汗をかきそうだ。

「いかにも腹に一物ある二人って感じだ。見ているこっちの胃が痛くなりそうだよ」

御堂さんが平然とした口調ですごいことを言い、ガヴァエッリ・チーフが苦笑する。

「今日はインペリアル・トパーズの代金の領収書を受け取りに来ただけだ」

「私を悪い人間だと誤解していないか、ミドウ？」

二人は口々に言いながら席に着く。ユーシンさんが、

「食事がテーブルいっぱいに並んでしまう前に、用件を済ませましょう」

そう言って、脇に置いてあったアタッシェケースを持ち上げる。そこから書類が入っているらしい封筒と、黒い絹が表面に張られた十センチ四方くらいの箱を取り出してテーブルの上に置く。

彼は封筒から、和紙のような触感を持つ風雅な紙で作られた一枚の書類を取り出す。金色の家紋が圧着されたそれには、英語と韓国語、それにイタリア語で文面が印刷されていた。

ユーシンさんは胸ポケットから出した万年筆で、その一番下に英文のサインを入れる。

彼は続いて箱を開き、美しい翡翠《ひすい》色の物を取り出した。それは一辺が三センチ、高さが六センチくらいの四角柱の形をしている。

「うわ……すごい……」

そのあまりにも鮮やかな色と透明感に、僕は驚いてしまう。

「……とても綺麗ですね。それって……？」

「ソン一族の印章だよ。翡翠でできている。一族の当主だけが持つことができるものだ」

彼は言って印章の先を朱肉に押しつけ、書類のサインに被《かぶ》るようにしっかりと判を押す。

「これが、インペリアル・トパーズの代金を領収したという証明の書類です。お確かめを」

ユーシンさんが言って、書類をガヴァエッリ・チーフの方に差し出す。ガヴァエッリ・チーフはそれを受け取り、しばらくそれに目を走らせる。それから、

「書類はたしかに受け取りました。今回はいろいろとありがとうございました。今後ともよろしくお願いできれば嬉しいのですが」

言ってテーブル越しにユーシンさんに右手を差し出す。ユーシンさんはその手を握って、

「今後のことはお約束できません。アキヤと、それからミドウ次第かな？」

渋いルックスに似合わないイタズラっぽい声で言って、御堂さんを見る。御堂さんが何かを思い出したように赤くなる。

……やっぱりこの二人って、熱々の恋人同士じゃないのかな？

「興味深い物を見せていただきました。高額の宝石の取引なんてなかなか見られないですし」

僕が言うと、ユーシンさんは印章の朱を和紙で拭《ふ》き取りながら、

「場所が採掘現場などの僻地《へきち》である場合や安価な宝石の売買は、今でも石の現物と現金をその場で交換している。天文学的な価値のある宝石をポケットに入れてジャングルを歩くのは、

なかなかエキサイティングなものだよ」

いかにも都会的な美形であるユーシンさんの口から出た言葉に、ちょっとドキドキする。

「なんだか格好いいですね。ガヴァエッツリ・チーフも、そういうふうにしてあのスター・ルビーの原石を持って帰ってきたんですか？」

僕が言うと、ガヴァエッツリ・チーフは笑いながら言う。

「あの原石は巨大だったので、さすがにポケットには入らなかった。だから現地の市場で買った汚い布袋に入れてぶら下げてきた。現地の場末のホテルのフロント係に『それは何だ？』と聞かれて『土産に持ち帰る石だ』と言ったら大笑いされた。『あんたは変わっている』とね」

楽しそうに言われたガヴァエッツリ・チーフの言葉に、僕はある光景を思い出す。

「そういえば、この間やっていたドキュメンタリー番組で、ブリーフケースの持ち手と自分の手首を手錠でつないでいる宝石卸業者さんを見ました。あれってなんだろうと思ったけど、中にはきっと宝石か現金が入っていたんですね。ひったくられないように手錠で繋《つな》いでたのか」

僕の言葉に、ユーシンさんが苦笑する。

「そんなことができるのは、とても安全な日本だからこそだよ。そんなことをしたら高価な物が入っていると大声で言っているようなものじゃないか」

「海外で、ＳＰもつけずにそんなことをして歩いていたら、間違いなく路地に連れ込まれて手首ごと切り落とされるだろう。……絶対にやってはいけない。いいね？」

雅樹にとても真剣な顔で言われて、僕は青ざめてしまいながらコクコクとうなずく。

「わかりました。それに高額のお金や高価な宝石を僕が持ち歩く機会なんか、一生ないと思います」

ユーシンさんのお屋敷にインペリアル・トパーズを見せてもらいに行った時のメンバーは、僕と御堂さんだけだった。ユーシンさんはあの場でトパーズを提供すると言ってはくれたけれど、あの時も僕らが石を持ち帰ったわけじゃない。後でガヴァエッリ・ジョイエッロの商品部の偉い人と、御用達の宝石専門の配送業者と、山のような警備員が受け取りに行ったはずだ。

「さて、取引も終わったし、食事にするかな？」

ユーシンさんが言い、すぐ後ろにあった李朝風の小卓に設置してあるスイッチを押す。

ほんの少ししか時間をおかずに、個室にノックが響いた。ドアが開いて、ワゴンを押したギャルソンたちが次々に部屋に入ってくる。

テーブルに並べられたのは、色とりどりの料理たち。僕が想像していた焼肉やチゲ鍋とはまったく違う物だった。盛り付けはお菓子か会席料理みたいに凝っていて、見とれるほど美しい。

「……わあ、綺麗ですね」

僕が思わず言うと、ユーシンさんは、

「グランシェフを紹介する。彼はミスター・キム。最高の宮廷料理を作る最高のシェフだ」

言って、最後に入ってきた、白いシェフコートの韓国人シェフを紹介してくれる。

「韓国宮廷料理って初めてです。カラフルで美しい物なんですね」

僕が言うと、グランシェフはにっこり笑って、

「韓国宮廷料理は『五味五色』というものを基本に作られています。五つの種類の味と、五色の食材を使えば、自然と栄養のバランスの取れた健康によい食事になる……という考え方ですね」

彼はテーブルいっぱいに載せられた美しい皿を指さしながら、

「こちらから、『冷たい前菜三種』、『自家製五種のキムチの盛り合わせ』、『アワビと和牛の煮込』、『栗と棗《なつめ》入りの宮廷風カルビチム』。『白身魚とズッキーニの韓国風ピカタ』。そしてこれが『九折板《クジョルパン》』です」

「クジョルパン？」

彼が指さしたのは、韓国風の漆塗りの施された八角形の大きな器だった。木でできていて、日本でいう重箱に近い感覚だ。真ん中に一つ、そこから放射状に八つのスペースに分かれている。

「真ん中に置かれているクレープ状の生地で、周りにある具を包んでお召し上がりください」

生地のスペースの周りには、美しい細切りにされた、しいたけ、にんじん、薄焼き卵、きゅうり、蓮《はす》などが盛られている。

「あ、これだけで、もう五色をクリアしてますね」

僕が言うと、グランシェフは楽しそうに微笑んで、

「正解です。これは韓国宮廷料理を象徴するメニューですね」

言った時、ドアがまた開いてワゴンを押したギャルソンが入ってくる。ワゴンの上には素朴な素焼きの深鍋が置かれ、下から蠟燭《ろうそく》であたためられている。

「来た来た！　おれ、これ大好きなんだよな！」

御堂さんがワゴンを見て嬉しそうに声を上げる。グランシェフが蓋《ふた》を開けると、そこからフワリと湯気が上がり、すごく美味《おい》しそうな香りが広がった。中には濃厚なダシが出た白いスープと、柔らかそうに煮えた丸ごとの鶏が入ってきた。

「わあ、いい香り！　美味しそう！」

「これはこの店のオリジナルの『薬膳参鶏湯《サムゲタン》』。鶏の中には餅米《もちごめ》と高麗人参、棗や松の実なんかが入ってる。韓国だと黒い烏骨鶏《うこっけい》で作る場合も多いけど、おれは普通の鶏も好きだな」

御堂さんが言う。グランシェフが、銀のカトラリーを使って鶏を解すと、中から柔らかそうに煮えた餅米や、薄切りにされた高麗人参、綺麗な色の棗が出てくる。スープの中にトロリとした餅米が広がって、とても美味しそうなお粥《かゆ》状になる。

「漢方がたくさん入ってるから、すごく元気が出る。晶也は元気をつけた方がいい」

御堂さんが言い、それからふいに頬を染めてユーシンさんの方を横目でチラリと睨む。

「まあ……あんまり元気になって欲しくない人もいるんだけどな……」

……やっぱりこの二人、熱々の恋人同士なんじゃないだろうか……？

MASAKI 3

「マサキ、ちょっといいか？」

ラフスケッチに集中していた俺は、声をかけられて初めて、アントニオがデスクの脇に立っていたことにやっと気づく。

「なんでしょう？」

俺が見上げながら言うと、アントニオはドアの方を指さして、

「空いている会議室を使う。少しこみ入った話だ」

さっきまでとは打って変わったその顔に、俺の胸に嫌な予感がよぎる。

「わかりました。……少し出てきます」

俺はもう一人のチーフの田端に声をかけ、ミーティング用のファイルを持って立ち上がる。

「あ、会議？　行ってらっしゃ〜い」

悠太郎が俺とアントニオに気づいて楽しげに言い、ほかのメンバーも声をかけてくれる。

通り過ぎざまに笑いかけると、晶也はフワリと頬を染める。

柔らかそうな唇を、行ってらっしゃい、という形に動かされて柄にもなく鼓動が速くなる。

昨夜、ユーシン・ソンがご馳走《ちそう》してくれたとても美味しい韓国宮廷料理を堪能《たんのう》した後。バーで飲んでいこうと言うアントニオを振り切って、俺は晶也と一緒にタクシーに乗り込んだ。そしてそのまま荻窪《おぎくぼ》にある彼のアパートまで送って行った。少し飲んだ韓国酒に酔っていたのか、それとも参鶏湯に入っていた薬効成分が効いたのか、晶也はいつもよりもさらに色っぽく、俺はすんでのところで彼を抱き締めてしまいそうだった。そんなに抱いたら彼を壊してしまう、と自分に言い聞かせ、そして後ろ髪を引かれる思いで自分の部屋に帰った。

……そのせいか、俺の晶也は、今朝はますます色っぽく見える。

俺は思い、アントニオが呆《あき》れた顔で振り返っているのに気づいて頬を引き締める。

「そう見せつけるな。昨夜、私を置いて去った後、何をしたかがバレバレだ」

「彼を部屋まで送っただけですよ」

「本当かな？」

アントニオが可笑しそうに言うが……その口調にはどこか苦しげな響きが混ざっている。

……悠太郎の気持ちが解らないことに、どうやら本気で悩み始めたらしいな。

俺は、悠太郎のつれない態度を思い出して、人ごとながら気の毒になる。晶也もきっと同じように思っているのだろう。同情するような目でアントニオを見ていることが多いからだ。

……まあ、俺や晶也が介入できる問題ではないのだが。

アントニオと俺はエレベーターでほかのフロアに下り、空いている小会議室に入る。

「『セミプレシャスストーン・デザイン・コンテスト』でグランプリを獲った、おまえがデザインしたあのチョーカー……」

アントニオは、取締役用のひときわ豪華な椅子にどっかりと座りながら言う。

「あれの買い手が決まりそうだ」

彼は手近にあった灰皿を引き寄せ、上着の内ポケットからライターとシガレットケースを取り出す。

「そうですか。……そんなことより会議室は全面禁煙では？」

手近な椅子に座りながら俺が言うと、彼はシガレットケースから細身の紙巻タバコを取り出しながら肩をすくめる。

「ここはオーケーだ。火災報知器がない」

彼は言って、スターリングシルバーのライターで紙巻タバコに火をつける。

「『そうですか』だけか？　自分の商品が売れたと聞いて、感激のあまり泣きそうになったアキヤとは大違いだ」

「あなたが、そんなことを言うだけのためにわざわざ俺をこんなところまで呼び出すわけがない。あのチョーカーに関して、何か面倒なことでも起きましたか？」

アントニオは、本当に食えない男だな、とでも言いたげに俺を横目で睨み、それから、

「ウィルヘルム公国という国を、もちろん知っているだろう？」

「東欧の小国で、金が豊富に産出されるためにとてもリッチな国だ。それが何か？」

「チョーカーを買いたいと言ってきたのは、ウィルヘルム公国の王女だ。彼女は四十五日後に結婚式を挙げる。その式におまえのチョーカーをぜひ着けたいらしい」

その言葉には、さすがに驚く。歴史の古いガヴァエッリ・ジョイエッロの顧客には王室関係者も数多くいる。だが……さすがにロイヤル・ウエディングに使われたことはない。

「それは光栄ですね」

俺が言うと、アントニオはタバコを吸い、細く煙を吐き出して、

「話はそれだけではないんだ。ウィルヘルム公国から、結婚式までにあのチョーカーとセットで着けられるティアラとバングルを作れと言ってきた。セットでないと買い取れないと」

俺はその無謀な要求に、思わず眉《まゆ》を寄せる。

「挙式まで四十五日しかない。ティアラなどの大きな物なら、制作はどんなに頑張っても一カ月はかかるでしょう。ということは、たった二週間で、ロイヤル・ウエディングに使うためのティアラとバングルのデザインを描けと？」

「もちろん、おまえ一人で両方をデザインするのが無理なのは重々承知だ」

「では、断りますか？」

「まさか」

アントニオはため息をついて、

「王室の結婚式に自社の商品が使われたとなれば、とんでもない宣伝になる。それをあの守銭奴のマジオ・ガヴァエッリが見逃すわけがないだろう？　だから……」

アントニオが言いかけた時、彼のポケットの中の携帯電話が着信音を奏でた。彼は、失礼、と断ってから電話を取り出し、外側にある液晶画面を見下ろして……。

「やはり来たな。あの男のタイミングのよさには、あきれかえる。盗聴でもされているのかと疑いたくなるよ」

言いながら、まだ着信音を鳴らしている電話を俺に差し出す。

「イタリア本社のマジオ・ガヴァエッリからだ。おまえが出ろ」

俺は眉を顰《ひそ》め、それから電話を受け取ってフラップを開く。あきらめて切ってくれればいいのに、と思いながら通話ボタンを押す。

「マサキ・クロカワです」

俺がイタリア語で言うと、電話の向こうの相手は一瞬黙り、それから低い声で笑う。

『君は本当にタイミングがいいな。盗聴でもされているのかと疑ってしまうよ』

アントニオに似た男っぽい美声。だがその声は不気味なほどに無感情で、彼が心の中で数え切れないほどの奸計《かんけい》を巡らせていることをうかがわせる。

「あなたの弟さんも同じことをおっしゃっていますよ」

俺は、彼の声を聞くだけで胃の辺りがムカついてくるのを感じながら言う。

「お久しぶりです、マジオ・ガヴァエッリ副社長」

『久しぶりだ、マサキ・クロカワ。君に会えなくてイタリア本社の人間も寂しがっているよ』

彼もアントニオも、北イタリアの名家の出らしい完璧な発音のイタリア語を話す。声質もよく似ている。だが、その発声方法が違うために、相手に与える印象がまったく違う。

飾らないアントニオの言葉は、尊大で憎らしいほどに率直だ。だが、彼の話し方が陽気で快活なせいで、どんなことを言われても不快には感じない。彼の声は人の心を快く刺激し、感情を陽性に波立たせる。悠太郎がいちいち興奮し、彼につっかかるのもその裏返しだろう。

だがマジオはいつも声をひそませ、まるで耳元で囁くようにして話す。彼の独得の発声は、まるで猫撫で声で脅迫されているかのような印象を相手に与える。どんなに親切な言葉を選んだとしても、聞いている方はまるで脅されているようにしか感じないだろう。心の弱い人間は誇りを捨てて彼の前に平伏するし、俺やアントニオのような人間は次第に感情を抑えきれなくなる。

『そういえば、君におめでとうを言っていなかった』

囁くような発声は、電話だとさらに顕著になる。すぐ後ろに彼がいるような気がしてきて……背中を目の細かいヤスリで撫でられたかのような、とても不快な寒気が走る。

『「セミプレシャスストーン・デザイン・コンテスト」でのグランプリ受賞、おめでとう。

さすが世界のマサキ・クロカワだ』

何かの感情を抑えているような無感情な声で言われても、まったく嬉しさが湧いてこない。

「ありがとうございます」

『あの受賞でさらに名前を売ることができて、君も本望だったろう？』

囁きの深い部分に、陰湿な悪意が滲《にじ》んでいる。

「コンテストのためにデザインしただけで、売名のためではありません」

俺は必死で感情を抑えながら言う。マジオは感情を見せないまま鷹揚《おうよう》に笑い、

『そう言うのではないかと予想していたよ。……もうアントニオから聞いたかな？　イタリア本社から、デザイナーを一人日本支社に出向させる。君の手伝いをするためだ』

そのあまりにも意外な言葉に、俺は驚いてしまいながら、

「多忙なイタリア本社のベテランデザイナーが、日本への出向を快く引き受けてくれるとは思えませんが？」

『最近、ドイツ人の若手デザイナーが入社してね。彼を行かせる』

……ドイツ人のデザイナーが入社した？　まったく知らなかった。

『今回の仕事の期限はとても短い。君一人で担当するのはとても無理だろう。君はティアラをデザインし、彼にバングルのデザインを任せればいい。彼はまだ二十六歳ととても若いが、王立美術学院出の、とても優秀なデザイナーだ』

「ご親切にありがとうございます。しかし……」

優秀なデザイナーなら日本にもいる、と言おうとした俺の言葉を、彼が強引に遮る。

『今回の仕事はウィルヘルム公国の王族を顧客に迎え、しかも世界にガヴァエッリ・ジョイエッロの揺るぎない威信を知らしめる、またとない機会だ。絶対に失敗させるわけにはいかない』

彼の声に、わずかな感情の乱れが現れる。彼は、自分の国、自分の血筋、そして自分自身を語る時、こうして感情が抑えきれなくなる。

『もしも失敗したとしたら、ガヴァエッリ・ジョイエッロの社名に泥を塗ることになる。それは会社にとって、そしてガヴァエッリ一族にとって大きな損失だ。その責任は君だけではなく、日本支社デザイナー室全体でとってもらうことになる』

彼の低く抑えた声の中に、どこかサディスティックな喜びの響きが混ざる。

『日本支社デザイナー室は、今度こそ撤廃だよ』

彼は、俺やアントニオを陥れるためなら、どんな小さなチャンスでも逃さない。しかもイタリア至上主義者である彼にとって、業績を伸ばしている日本支社デザイナー室はこのうえなく目障りな存在だ。きっとそうなったら、嬉々《きき》として日本支社デザイナー室を撤廃するだろう。

「万が一この仕事がもしも失敗したとしたら、それはわたしだけの責任です。日本支社のメンバーにはなんの落ち度も……」

『君らしくないな、マサキ・クロカワ。いつものように強気でいたまえ』

彼は囁くように言って喉《のど》の奥で笑う。

『デザイナーはもうイタリアを出た。日本支社には明日から出社する。これはすでに社長会議を通った決定事項だよ。健闘を祈る。……アントニオによろしく』

言って、俺の返事を待たずに電話が切れる。俺は電話を握りしめたまま、湧き上がる不快感と怒りを抑えようと深呼吸をする。それから、

「ドイツ人デザイナーは明日からこちらに出社するそうです。それからあなたによろしく、と」

電話を差し出すと、アントニオは眉を顰めてそれを受け取る。そして、彼らしくない陰鬱なため息をつきながら言う。

「嫌な予感がする。面倒なことが起こらなければいいが」

AKIYA　3

「マジオ・ガヴァエッツリと久々に話してしまった。……とても気分が悪い」

雅樹が言いながら、クリスタルのグラスに入ったシャンパンをいきなり飲み干す。

「……あの、雅樹。乾杯は……？」

僕が言うと、雅樹はハッとした顔になり、それからその端整な顔に苦笑を浮かべる。

「ああ、すまない。苛《いら》ついて、つい先に飲んでしまった」

彼は言いながら氷を満たしたシャンパンクーラーからボトルを引き抜く。置いてあった布ナプキンで表面を拭《ぬぐ》い、自分のグラスにもう一度シャンパンを満たす。

「それなら、最初からだ」

彼はグラスを上げて、その漆黒の瞳で僕を見つめてくれる。

「乾杯は、何に？」

「あなたのティアラを結婚式で着けたいと言ってくれた、王女様に」

僕が言うと、彼は優しく微笑む。

「それから、インペリアル・トパーズの代金が、無事に支払われたことに」

「そういえば、それをまだ乾杯してませんでしたね。……乾杯」

僕は言って雅樹のグラスに軽くグラスを合わせ、それから金色のシャンパンをそっと飲んでみる。

「美味しい。……一気飲みなんかしたらバチがあたりそうです」

僕が言うと、雅樹は苦笑する。

「悪かった。マジオのことはもう忘れるよ」

雅樹はシャンパンのグラスを傾け、それからふいに呟く。

「もしも可能なら、君と組みたかったな」

「……はい？」

「王室に収める、あのチョーカーとティアラ、バングルのセットのことだよ」

「……あ……」

心臓が、とくん、と高鳴ってしまう。

雅樹の漆黒の瞳が、僕の目を真っ直《まっす》ぐに見つめる。

「君と組んでひとつのセットを作り上げられたら、どんなに素敵だったか」

その真摯《しんし》な視線、そしてその言葉に、鼓動がどんどん速くなってしまう。

たしかに雅樹のデザインしたもののシリーズを作れたら、デザインの点でも造りの点でもとても勉強になるだろう。それに……。

ずっとずっと憧れ続けた『マサキ・クロカワ』と一つのシリーズを作れたら、なんて、想像しただけで、身体に震えが走ってしまう。

僕は雅樹の端麗な顔を見返しながら思う。

……何よりも、こんなに愛している恋人と二人で一つのシリーズを作り上げられたら……。

「社長会議を通った事案に変更はない。今さら言っても仕方がないな」

雅樹は深いため息をついてから、気分を変えようとするかのように笑みを浮かべる。

「せっかく君と二人でいるのに、仕事の話をするなんて野暮だな」

僕らがいるのは、最近お気に入りになった丸の内にあるイタリアンレストラン。その一番奥にある個室だ。

ゆるいアールを描いた壁は、どこかシノワズリなイメージの渋い紅殻色に塗られている。二階層吹き抜けの高い天井からは、落ち着いた色合いのヴェネツィアングラスのシャンデリアが下げられている。まさか蠟燭を灯《とも》せるわけがないからきっとそれを真似た電球なんだろうけど……ユラユラと揺れるオレンジ色の明かりが、ドラマティックな空間を演出している。

大きなガラス張りの窓からは、眼下に広がる東京の夜景を見渡すことができる。すぐ下に見えるのはライトアップされた東京駅。ビルの明かりの向こうには、暗い東京湾と煌めくレインボーブリッジが見える。

「僕は、ずっとずっと『マサキ・クロカワ』のデザインに憧れてきました。初めて会った時には思わずサインをねだってしまったほど」

僕が言うと、雅樹はあの時のことを思い出したようにクスリと笑う。

「あの時の君はとても可愛らしくて、思わず見とれてしまった」

僕はその言葉に思わず赤くなりながら言う。

「あなたが僕と組みたかったと言ってくださったこと、涙が出そうなほど嬉しいです」

「……晶也」

「僕がまだまだ実力不足であることはよくわかっています。だけど、いつか……」

僕は、間接照明に照らされた彼の端麗な顔を真っ直ぐに見つめながら言う。

「……あなたの横を歩くのにふさわしいジュエリーデザイナーになりたい」

雅樹はどこか驚いたような顔をして、その漆黒の瞳で僕を見つめる。彼があまりにも長い時間黙ったままでいるので、僕は、失礼なことを言っちゃったかな、と青ざめる。

……いくら恋人とはいえ、彼は世界的なジュエリーデザイナーだ。

……僕みたいな新米が、あなたにふさわしくなりたいなんて、図々しすぎるかも。

「……す……すみません……ええと……」

僕は動揺しながらグラスを置き、前髪をかき上げる。

「……もちろん僕みたいな凡人に、あなたと並べるような才能があるとは思いません。だから、なんていうか……自分を恥じなくていいくらい努力をして、うんと高みにいるあなたに少しでも近づけたらいいな、という……」

「君のデザインに関する才能は、きっと俺よりもずっと上だ」

雅樹の唇から漏れた声に、僕は驚いて言葉を切る。

「俺も君のファンだったとずっと言っているだろう？　イタリア本社の資料室で君のデザイン画をすべてチェックし、君に会うために日本支社の視察に来るくらい熱烈な、ね」

雅樹は、僕を真っ直ぐに見つめて言葉を続ける。

「俺は、デザイン画から感じられる君の恐ろしいほどの才能を畏怖《いふ》した。そして嫉妬し、きっと嫌な人間だろうと思い込もうとした。だが……」

彼の手が動き、テーブルの上に置かれていた僕の手のひらにそっと重なってくる。

「……実際に会った君は、素晴らしいセンスを持っていただけでなく、その内面も本当に美しかった。君と出会えたこと、そして恋人になれたことを神に感謝しなくては」

「……雅樹……」

彼の真摯な言葉が、僕の鼓動を速くする。重なり合った手から、不思議な熱が身体に広がってくる気がする。

昨夜。韓国酒に少し酔ってしまった僕は、本当はとても彼に抱かれたかった。

だけど彼は僕を部屋まで送り届け、軽いキスだけをして帰ってしまった。

……そのせいか、それとも昨夜の高麗人参がまだ効いてしまっているのか……身体が熱い。

「とても色っぽい顔をしている。どうして？」

彼の声がとてもセクシーに聞こえて、頬が熱くなる。

「もしかして、昨夜、抱かれたかった？」

「……あ……それは……」

図星を指されて、僕はますます赤くなってしまう。雅樹は僕の動揺の意味を読みとったかのようにクスリと笑う。

「正直に言えば……昨夜、俺も君を抱きたかった。とても」

僕は驚いて顔を上げる。

「あなたはとても紳士的で、部屋にも上がらずに帰ってしまいました。だからその気がないのかと思って……」

「部屋に上がったら、その場に押し倒してしまっただろう」

雅樹の目が、僕を真っ直ぐに見つめる。彼の美しい漆黒の瞳の奥に獰猛《どうもう》な欲望の火が見えた気がして、身体がますます熱くなる。

「あんな状態で抱いたら、君を壊してしまうと思った。必死で我慢したんだよ」

「……あ……」

「だが、君の色っぽい顔を見ていたら、今夜はもう限界かもしれない」

テーブルクロスの上。雅樹の美しい手が、僕の手をキュッと握りしめる。

「抱きたい。迷惑でなければ、今夜、君の部屋に泊めてくれないか？」

僕の心臓が、ドクン、と跳ね上がる。

……ああ、なんだかすごく恥ずかしい。でも……。

「……僕、昨夜の余韻が、まだ残っているのかもしれません」

僕の唇から、言葉が勝手に漏れた。

「……もしかしたら、すごく恥ずかしいことを言ってしまうかもしれません。それでも嫌わないでくれますか？」

僕の言葉に、雅樹がクスリと笑う。

「嫌うわけがない。それに恥ずかしいことなら、いつも言っているだろう？」

……ああ、彼は本当にイジワルだ……。

◆

「……あ……」

雅樹の手が、僕の肩からコートを滑り落とす。

「……雅樹……」

ここは、荻窪にある僕のアパート。

築数十年って感じの古い建物。だけどそのせいでリフォーム可。だからなのか、住んでいるのは美大生や元美大生が多い。僕もここに入ってから、自分の手で部屋を作り替えた。フローリングを張ったり、壁の漆喰《しっくい》を塗り直したりしただけだから、ほんのささやかなリフォームだけど。

雅樹の恋人になる前、この部屋での生活はとても居心地がよかった。ここに住んで、好きな音楽を聴いて、デザイン画が描けて……それだけで幸せだと思っていた。

……でも、今は……。

シュッと音を立ててネクタイを解《ほど》かれて、鼓動がますます速くなる。

「……あ……」

雅樹の手が、僕の襟元《えりもと》にそっと滑り込んでくる。その指先が僕の首にかけられているプラチナの細いチェーンを探り当て、ゆっくりとそれを持ち上げる。

サラサラとしたチェーンが、肌の上を滑っていく。その感覚はくすぐったいだけじゃなく、不思議とセクシーで……。

襟元から、チェーンが引き出される。チェーンに通されているのは、シンプルで、だけどとても美しいプラチナの指輪だ。これは雅樹が『婚約指輪を贈れる日が来るまで、代わりにこれを』と言ってプレゼントしてくれたもの。もちろん雅樹のデザインで、驚いたことに過去に『プラチナデザインアワード』を受賞したことがある作品だ。世界的なデザイナーである『マサキ・クロカワ』の受賞作をいつも身に着けていられるなんて、僕にとっては信じられないほどの光栄なことだ。

「……雅樹……」

彼の手がチェーンの金具を外し、そして僕の首からネックレスを外させる。

彼の指がこうして僕の首からチェーンを外させるのは、『朝まで抱くよ』という意味。僕はそれを思い出して一人で赤くなる。

……ああ、でも、僕も朝まで抱かれたい……。

◆

「今日来るはずのイタリア本社のデザイナーさんって、まだ二十六歳なんですよね？」

広瀬くんが、とても気になる様子で僕に話しかけてくる。

「そんな若さでイタリア本社のデザイナー室に入れるなんて、並みの才能じゃないですよね。そんな人って、黒川チーフやガヴァエッツリ・チーフだけだと思ってたのに」

僕はその言葉にうなずいて、

「きっとすごい実力なんだろうね。ちょっと緊張するけど、会うのが楽しみかも」

「ええ～、オレはなんだか嫌な予感がするよ～」

向こう側のチームにいる悠太郎が、自分のデザインデスクに突っ伏しながら言う。

「本社からの人間なんて、ろくなやつじゃない気がする～」

「失礼よ、悠太郎はっ！」

悠太郎の斜め向かいに座った長谷さんが、資料越しに、丸めた練り消しゴムを投げつける。

「いてっ！」

丸めた練り消しゴムは見事にヒットしたらしく悠太郎は声を上げる。長谷さんが、

「ガヴァエッツリ・チーフだって、黒川チーフだって、イタリアの宝石デザイナー室から来たんじゃないの！」

拳を握り締めて言う。僕のチームの野川さんが大きくうなずいて、

「そうよ、そうよ！　だからすごい美形かもしれないじゃない？　見てもいないのに失礼なこと言わないのっ！」

「長谷さんと野川さんだって、黒川チーフが来る前は『どうせ孫のいるおじいちゃんだろう』とか、『五十歳過ぎても独身のジュエリー・オタクじゃないのか』とか言ってたくせに」

「あの時はあの時！　ラッキーなことに黒川チーフはものすごい美形だったじゃない！」

野川さんの言葉に、長谷さんが大きくうなずいて、

「黒川チーフは晶也くんに、ガヴァエッツリ・チーフは悠太郎に取られたんだから、次こそは

と思うのが乙女心でしょう？」

「べ、別に取ったりしてないだろ？」

悠太郎が、急に真っ赤になりながら言う。

「ガヴァエッリ・チーフはただの飲み仲間で……っ」

「ほらほら、そこ！　無駄口ばっかり叩いてないで！」

チーフ席にふんぞり返った田端チーフが、悠太郎に向かって言う。

「森くん、黒川チーフが戻ってくる前に、ぼくにラフを提出してよ！」

「はぁ～～～～い」

悠太郎が間延びした声で返事をする。広瀬くんが声をひそめて、

「……田端チーフってガヴァエッリ・チーフと黒川チーフがいる時にはおとなしいくせに、二人がいないと急に威張りますよね～」

向かい側に座っているサブチーフの瀬尾さんにまで聞こえたらしくて、彼が小さく噴き出す。それから、ダメだよ、という顔で広瀬くんを睨んでみせる。口元は笑ってるけど。

「ちょっと広瀬～、何か言ったぁ？」

田端チーフの声に、広瀬くんが肩をすくめながら答える。

「いいえ、何も～っ！」

「しかし、本社からの出向で来るデザイナーって、ドイツ人なんだよね？　ぼく、ドイツ語

話せないよ？」

田端チーフは不安そうに言う。三上さんが、

「言葉の壁はともかく……緊張しますね。本社からの人が、ここになじめるのかな？」

「たしかに緊張するけれど……」

瀬尾さんが、苦笑を浮かべながら言う。

「同じデザイナー同士じゃないか。仲良くしないと。まずは恒例の歓迎会かな？」

メンバーから、賛成の声が上がる。僕は、賛成、と言ってから、

「本社のデザイナー室の人となんて、なかなかお会いできないし、いい機会ですよね」

「イタリアの情報も聞けそうだしね。……歓迎会の幹事はおれがやるよ、と言いたいところなんだけど、今、ちょっと仕事が立て込んでるんだよなあ」

瀬尾さんの残念そうな声に、僕は手を上げる。

「それなら僕が代わりに幹事をやります。ちょうど〆切《しめきり》の合間なので。場所は、本人の好みを聞いてからの方がいいですよね？」

言った瞬間、デザイナー室のドアが開いた。最初にガヴァエッツリ・チーフが入ってきて、僕らの視線に少し驚いた顔をする。その次に入ってきた雅樹はなんだか難しい顔をしている。

「ここがデザイナー室だ。どうぞ、入って」

雅樹が廊下のほうに向かって言い、ドアのところに一人の男性が現れる。

ダンサーみたいにしなやかな身体を、仕立てのいいスーツに包んでいる。背筋を真っ直ぐに伸ばして歩く姿は、デザイナーというよりはなんだかモデルさんみたいで……。

プラチナブロンド、というのか、ほとんど銀色に近いような金色の髪。彫りこんだように端麗な横顔。そして細い鼻梁《びりょう》には、細いフレームの銀縁の眼鏡。

「紹介する」

雅樹がチーフ席の脇に立って言う。

「彼はパウル・ムーンシュタイナー。イタリア本社から来たジュエリーデザイナーだ」

ムーンシュタイナーさんは無言のまま、青みがかった灰色の目で僕らを見渡す。

「パウル・ムーンシュタイナーです。よろしく」

彼が話したのは、かなり流暢《りゅうちょう》な日本語だった。

「……日本語、話せるんだ……?」

思わず、という感じで呟いた悠太郎に、彼は鋭い視線を向ける。

「大学で専攻した言語はイタリア語と日本語でしたから。話せて当然です。何か問題でも?」

まるで威嚇するようなその視線に、悠太郎がひるみながら答える。

「いいえ、なんにも問題ありません」

ムーンシュタイナーさんは、御堂さんと背格好のよく似た、すごい美形だった。もしも街ですれ違ったら思わず見とれてしまいそうだ。だけど……なんだか……。

彼の目つきはめちゃくちゃ鋭くて、とても親近感を感じられるタイプじゃなくて……。

「とりあえず自己紹介をしてくれないか？　まずはミスター・タバタ」

ガヴァエッツリ・チーフに言われて、田端チーフが慌てて立ち上がって自己紹介をする。僕らも順番に立ち、挨拶をするけれど……彼はにこりともせずに一言だけ挨拶を返しただけで、もう僕らのことなんか目に入ってないって感じだった。

「ええと……あの、ちょっとだけいいですか？」

僕は勇気を振り絞って立ち上がり、必死で微笑を浮かべてみせる。

「今夜、歓迎会をしようと考えているんですが……ムーンシュタイナーさんはどんなものがお好きですか？　和食とか大丈夫でしょうか？　それともドイツ料理とか……」

彼は銀縁眼鏡の向こうから、僕を真っ直ぐに見つめる。彼の瞳は、憂鬱な曇り空みたいな暗い灰色をしていた。その不思議な色のせいか、彼の表情はなんだかとても冷たく見えて……。

「何かの誤解があるようですが、私はここに遊びに来たわけではありません」

彼の唇から出たのは、聞いているこっちが凍りつきそうな無感情な声だった。

「もちろん歓迎会など必要ありません」

あまりにもきっぱりと言われて、僕は思わずたじろいでしまう。

……僕の言い方が失礼だっただろうか？　だから彼を怒らせてしまったとか？

「気にすることはない、篠原くん」

雅樹が、僕の考えを読んだかのようなタイミングで言う。

「あのイタリア本社では、そんなハートウォーミングな行事は一度も行われたことがないんだよ」

雅樹の声は押し殺したように低く、その視線はムーンシュタイナーさんに真っ直ぐに注がれている。

……うわ、雅樹が怒ってる……？

「私たちに与えられた時間は十五日間。余計なことをする暇は一秒もありません。……ミスター・ガヴァエッリ、すぐに仕事を始めたいのですが、私のデスクはどこでしょうか？」

ムーンシュタイナーさんが、ガヴァエッリ・チーフを振り返って言う。ガヴァエッリ・チーフは、僕たちのデザインデスクから少し離れた広い場所にある、大きなミーティング用のテーブルを指さす。その上には、彼が使えるようにと、製図用のシャープペンシルや芯、宝石デザイン用に使う、いくつもの細密定規などが用意してある。

「そのテーブルを使ってくれ。文具類で足りない物があればなんでも……」

「必要な物は持参しています。使い慣れない道具はかえって邪魔ですので」

ムーンシュタイナーさんは、ガヴァエッリ・チーフの言葉を遮って言う。

「……うわ、すごい失礼……」

隣の席の広瀬くんが、小さな声で呟く。ムーンシュタイナーさんは雅樹を振り返って言う。

「すぐにミーティングをしていいですか？　パウロ社長から、王女の結婚衣装のデザイン画を預かってきていますので」

つけつけと言われた言葉に雅樹が微かに眉を寄せ、それから低い声で、

「わかった」

ごく短く言って、ラフスケッチ用のクロッキー帳を持って立ち上がる。

……うわ、すごい険悪な雰囲気……。

僕は、自分の方が冷や汗を流してしまいながら思う。

……なんだか、先が心配になってきた……。

MASAKI　4

……考えが、どうしてもまとまらない……。

俺は苛立ちながらラフを描き続けていた。いつの間にか筆圧が上がっていたらしく、製図用のシャープペンシルの芯がボキリと音を立てて折れ、画面に黒い跡を残す。

「……くそ……」

ここは天王洲にある俺の部屋の、リビングから続くアトリエ。天井の高い広い空間には、俺が趣味で作った黒鉄のオブジェが飾られ、俺と晶也のデザインデスクが並んでいる。

ここのところ、俺は毎晩のように徹夜でラフを描き続けていた。ティアラのデザイン画がいくら重要とはいえ、もともと入っていた通常依頼の仕事、会議、そしてチーフとしてメンバーのデザインをチェックすることも怠れない。それ自体はもちろん苦痛ではない。ほかのメンバーの仕事を円滑に、かつ正確に進めるのはチーフとしての俺の使命だからだ。

……俺の創作の邪魔をしているのは、皮肉なことにコンビを組まされたあの男だ。

俺は彼の陰鬱な顔を思い出して、深いため息をつく。

会社にいる時はただでさえ忙しいというのに……あのムーンシュタイナーはことあるごとに俺のところに意見を求めに来る。仕事に集中しようとしている時でも、ほかのメンバーのデザインチェックの最中でも、まったくお構いなしだ。

……あの無神経さは、意図的な妨害ではないかと疑いたくなるほどだ。

さらに、彼は優美な雰囲気の見かけに似合わない、強引かつ頭の堅い男で……意見を求めたいと口で言いながらも、俺の意見などまったく聞こうとはしない。どんなに丁寧に俺の意図を説明しても、その時に渋々うなずくだけで、次に来たときにはさっきと同じ主張をまた繰り返す。言葉も態度もむかつくほどに慇懃《いんぎん》だが、結局、自分の描きたい傾向のデザインを描きたい、だからそれとコンビにできるように俺のデザイン傾向を変えろ、と言いたいのだろう。

……彼との不毛なやりとりに、どんなに無駄な時間を費やしたことか。

俺は手で顔を覆って深いため息をつく。

ムーンシュタイナーは、俺とアントニオにだけは気味が悪いほど慇懃な態度をとるが、ほかのメンバーとはほとんど口をきくことすらしない。晶也はとても気を遣い、なんとか彼を馴染《なじ》ませようと話しかけていたが……軽蔑を露わにした態度をとられて、呆然とした顔で言葉を失っていた。

……あの時、躊躇《ちゅうちょ》せずに本気で殴ってやりたかった。

俺は、今さらながら拳を握りしめる。

ムーンシュタイナーの態度には常に『大きな賞を獲ったことのないデザイナーなどデザイナーとはいえない』とでも言いたげな尊大さが滲み出ている。メンバーたちはそれを敏感に感じ取って傷つき……デザイナー室の雰囲気は、彼が来てからどんどん悪くなっている。

……もしも俺が本当に優れたデザイナーで、チーフとしての大きな器を持っていたとしたら、こんなことにはならなかったかもしれない。だが……。

晶也は俺の苛立ちを敏感に感じ取り、そして徹夜を続ける俺を、とても心配してくれているようだ。

……晶也……。

彼の心配そうな顔を思い出すだけで、心が激しく痛む。

彼は煌めく才能を持ち、そして宝石を心から愛する素晴らしいデザイナーだ。彼と比べると、こんなことで苛立ち、簡単に描けなくなる自分がとても情けなく思えてくる。

……俺は本当に、君に相応《ふさわ》しい男なのだろうか？

ＡＫＩＹＡ　４

「ムーンシュタイナー。結婚式に着けるバングルに使う留め方にしてはあまりにも現代的すぎる。しかもチョーカーとのバランスが悪い」

　ムーンシュタイナーさんが提出したラフを見ながら、雅樹が難しい顔で言う。

「チョーカーも、そしてティアラも、この部分のダイヤはクラシカルな六本立爪で留めている。バングルだけがごつい伏せ込みでは浮いてしまう。爪の形を統一してくれないか？」

「私のデザインには、伏せ込みが一番合っていると思います」

「君が、自分のデザインにこだわりたいのはわかる。だが……」

　雅樹とムーンシュタイナーさんのやりとりは、すでにミーティングではなくて戦いだった。

　雅樹はもともとおっとりした性格ではないけれど、無意味に声を荒げるようなことはしない。なのにムーンシュタイナーさんの、わざとらしいほどに失礼な態度と言葉に、いやおうなしに神経を逆撫でされているみたいだ。

　……あれじゃ、とても疲れるだろうな……。

雅樹の心境を思うだけで、心がズキリと痛む。

……ロイヤル・ウエディングというプレッシャーがあるうえに、さらに厳しい〆切が待っている。すごくストレスが溜《た》まっていそう。

ムーンシュタイナーさんが日本に来て、七日間が過ぎた。明日、雅樹とムーンシュタイナーさんはデザイン画のラフを持って京都に向かい、西大路さんの屋敷を訪ねる。桃色珊瑚を提供してくれるように頼み、それを留めるのに相応しいデザインか、加工の面で可能かどうかを、珊瑚に詳しい西大路さんにチェックしてもらうためだ。

「……オレ、思ったんだけど……」

僕の綺子の脇にしゃがんで様子をうかがっていた悠太郎が、小声で囁いてくる。

「……黒川チーフ、最近人間が丸くなったんじゃない？　あんなに怒った顔をしててもちゃんと言葉を選んでるし」

僕をちらりと見上げて、可笑しそうな声で、

「それって、あきやの愛のおかげかな？」

「……悠太郎ってば、そんなことばっかり」

僕は言って笑おうとするけど……雅樹の心情を考えるとうまく笑うことができない。

「……ねえ、あきや」

悠太郎は、ほかのメンバーに聞こえないように声を落とす。

「もしかして今夜、黒川チーフと何か約束とかある？」

僕は、なんだかすごく寂しい気持ちでかぶりを振る。声をひそめて、

「ううん。彼の邪魔になったらいけないから約束もできないし、彼の部屋にも行かないことにしてるんだ」

「……だと思ったよ」

悠太郎は呟いてから、

「そしたら今夜、一緒にいつもの居酒屋に行こう。ガヴァエッリ・チーフも行きたいって」

目を上げると、ガヴァエッリ・チーフが僕たちを見て、小さくうなずいてみせる。

……僕に、何か話があるんだろうか……？

「うん。いいよ」

「やった！　久々に黒川チーフ抜きで飲もうぜ」

◆

終業後。僕らは行きつけの居酒屋のお座敷にいた。個室の襖《ふすま》を閉めると外の音はあまり聞こえなくなり、けっこう落ち着いて話せる。

「まずは乾杯にしようか。……何に？」

黒ビールの入ったグラスを持ち上げたガヴァエッリ・チーフが言う。

「ムーンシュタイナーの憎たらしさに！　乾杯！」

悠太郎が言って、僕とガヴァエッリ・チーフのグラスにグラスをぶつける。

「なんであんな男のために乾杯をしなければならないんだ？」

ガヴァエッリ・チーフが不満そうな声で言い、それでも美味しそうに黒ビールを飲む。

テーブルの上には、いつもの居酒屋メニュー。トマトのサラダ、肉じゃが、生姜を載せた湯豆腐、香ばしく焼いたシシャモ、小口切りのネギを散らしてポン酢をかけたアン肝。悠太郎が頼んだお気に入りのメニューだ。

「晶也が幹事をやるって言ってたのに、結局歓迎会できなかったよなあ」

悠太郎が言って、指先で摘んだシシャモを囓《かじ》る。

「日本にいるのはたった二週間だし、別になじめとは言わないけど……なんだか感じが悪すぎるよ、あの人」

「たしかに。どこか芝居じみているような気がするほど、感じが悪いな」

ガヴァエッリ・チーフが、綺麗な箸遣《はしづか》いでアン肝を食べながら言う。

「そしてこの店のフォアグラは、本当に美味《うま》い」

「だから！　それはフォアグラじゃなくて、アン肝！」

悠太郎はムキになって言ってから、僕の方に向き直る。

「もしかして黒川チーフ、本気で煮詰まってる？」

「……煮詰まっているというか……」

僕は小さくため息をつく。

「……すごく疲れているみたい」

「まあ、あんな男の相手をしていたら、誰でも疲れるだろう。しかしあの騒々しさも、とりあえず明日で終わり。二人は明日、デザイン画を持って西大路氏を訪ねることになっている。彼にデザイン画を見せ、これなら桃色珊瑚を売ってもいいと思ってもらえれば、そのままデザイン画のコピーを預け、それに合わせた珊瑚のカッティングを注文してくるはずだ。……だが」

ガヴァエッリ・チーフは箸を止め、僕の顔を真っ直ぐに見つめる。

「雅樹は、あの男に攪乱《かくらん》されて集中力が落ちている。本当にいいデザイン画が描けているのかどうか、私にはわからない」

「……え……？」

彼のその言葉に、僕は思わず青ざめる。

「……それは……どういう……？」

ガヴァエッリ・チーフは黙ったまま僕を見つめ、それからふいに深く息を吐く。

「いや、私の考えすぎかもしれない。……アキヤ、一つ頼みがあるんだ」

「なんですか？」

「明日の雅樹とムーンシュタイナーの京都行きに、君も同行してくれないか？　ちょうどラフが上がったばかりで、〆切までは時間があるだろう？」

「はい。仕事の方は大丈夫ですが……」

僕は、ムーンシュタイナーさんの、僕を見る時の冷たい目を思い出しながら言う。

「あの二人はロイヤル・ウエディング関連の重要な仕事で京都に行くんですよね？　僕なんかが同行したらお邪魔では？」

「……っていうか」

悠太郎が、ビールのグラスを置きながら言う。

「ただでさえ険悪なあの二人を新幹線に乗せて、さらに京都ではあの一癖も二癖もありそうな西大路さんと合流するんだろ？　考えただけで背筋が寒くなるような組み合わせじゃない？」

「まあ、それを緩和するという意味もあるのだが……」

ガヴァエッツリ・チーフが苦笑して言い、それからふいに真面目な顔になる。

「『セミプレシャスストーン・デザイン・コンテスト』のアジア大会、さらに世界大会、そして今度のロイヤル・ウエディング用のセット。とどめにあのイタリア本社からの招かれざる客。雅樹はここのところ、あまりにもプレッシャーの多い生活をしている」

彼の言葉に、僕の心がズキリと痛む。

……たしかにそうだ……。

僕は『セミプレシャスストーン・デザイン・コンテスト』のアジア大会だけで、ボロボロになるほどのストレスを感じた。彼はさらに難関の世界大会にも出品し、今度は日本支社デザイナー室の存続を賭けた重大な仕事。しかもあんなに気の合わない人と一緒に。

「……そう……かもしれません……」

雅樹の疲れた顔を思い出して、なんだか泣きそうになる。

「……なのに僕、なんにも彼の役に立てなくて……」

「そんな顔するなよ、あきや！」

悠太郎が僕の身体をキュッと抱き締める。ガヴァエッリ・チーフは、

「だから雅樹についていってくれないか？ 彼がプレッシャーや怒りに惑わされて道を見失わないように、きちんと横にいてやってくれ」

「横にいることで……僕は彼の役に立てるんでしょうか？」

「ああ。迷いのある雅樹を導いてやれるのは、たぶん君だけだ。頼んだぞ、アキヤ」

ガヴァエッリ・チーフが何を言いたいのか、僕にははっきりとは解らなかった。でも、僕は雅樹の役に立ちたい一心で、深くうなずいたんだ。

MASAKI　5

天王洲にある自室のアトリエ。俺は、ムーンシュタイナーから預かったバングルのデザインラフと、そして描き上げた自分のデザインラフを見比べながら考え込んでいた。

さんざんミーティングを繰り返し、戦った結果、とりあえず彼が主張する現代風と、俺が主張するオーソドックス寄りのデザインの中間点は探れたと思う。そして二枚のデザイン画は、もともとできあがっていたあのチョーカーとも、きちんとセットとして成立していると思う。

ムーンシュタイナーの描いたデザインラフは、たしかにレベルが高い。さすがイタリア本社から来た人間の作品という印象はある。そして俺の描いたデザインラフは、これもやはり満足のいくレベルだ。

……だが……。

俺は二つのデザインを見比べながら、胸の中に湧き上がる暗い違和感を感じている。

……何かが気になる……。

コンコン！

アトリエにノックの音が響き、続いて晶也の遠慮がちの声が聞こえる。

「雅樹、新幹線の時間が迫っているので、そろそろ出た方が……」

「わかった、すぐに行く」

俺は言って、アトリエの隅にあるコピー機で、自分のデザインラフのコピーをとる。ムーンシュタイナーの分と重ねて透き通ったフィルムに挟み、それを封筒に入れて薄型のデザインカルトンに入れる。それを持って立ち上がり、アトリエを横切ってリビングへのドアを開ける。

リビングのソファには、小型のボストンバッグを抱えた晶也が座っていた。俺と一緒にオーダーしたブラウンのスーツを着て、ごく薄いクリーム色のワイシャツに、新しい琥珀色《こはくいろ》のネクタイを合わせている。この間俺が選んであげた組み合わせそのままのところが本当に可愛らしい。

どこか心配そうに見上げてくる彼に、

「そのネクタイの色は、君の瞳の色によく似合っている。正解だったな」

言って手を伸ばし、少し曲がっていたそれを丁寧に直してやる。そのまま彼の頬に指を滑らせながら言う。

「どうしてそんな顔をしている？　疲れているのなら、京都まで来るのはつらいかな？」

「いえ、そんなことは……」

晶也は慌てて言い、それから笑みを浮かべてみせる。

「前回は宝石の置いてある倉庫だけでしたけど、今回は西大路家のお屋敷にも呼んでいただいているんですよね？　だからちょっと緊張しているのかも」

彼の笑みはどこか無理をしているようで……俺の心がズキリと痛む。

……きっと、晶也は俺の心の中の違和感を敏感に感じ取っている。だからこんなふうに心配そうな顔をするんだろう。

「まあ、デザイン画の出来はとてもいいと思うし、彼も快く珊瑚を提供してくれるだろう」

俺は言いながら、本当だろうか？　という疑問が湧いてくるのを感じていた。

……本当に、これでいいのだろうか？

AKIYA 5

……デザインラフもできあがったんだし、新幹線の中で少しは話せるかと思ったのに……。

僕は、荷物を持ってさっさと出口に向かうムーンシュタイナーさんの背中を見ながら思う。

……彼はずっと眠ったままで、一言も話してくれなかったな。

雅樹と僕は東京駅に向かい、改札口でムーンシュタイナーさんと合流した。いちおう出張扱いということで新幹線のチケットは会社が手配してくれたんだけど……もちろんグリーン車じゃなかった。ヨーロッパで一等車に乗り慣れ、しかもタバコを吸いたかったらしいムーンシュタイナーさんはとても不満そうで、席を替えられないかとごねた。もちろん雅樹はそれをあっさり聞き流してさっさと新幹線に乗り込んだけれど。

新幹線の席は、並んだ二席と、通路を挟んだところにもう一席。雅樹は僕を窓際に座らせ、ムーンシュタイナーさんとの間を阻むようにして自分が僕の隣に座った。

そして、東京から京都までの旅は、とても気詰まりなものになったんだ。

MASAKI 6

「やあ、よく来てくれました」

京都駅前のロータリーには、豪華な漆黒のリムジンが停まっていた。

その前に立って僕らを迎えてくれたのは、渋い銀鼠《ぎんねず》色の着物に身を包んだ背の高いハンサムな男性。彼は西大路嘉朋《よしとも》。京都の旧家で、大富豪でもある西大路家の当主。最高級の珊瑚や真珠を扱うことで有名な『大路珊瑚』の社長でもある。そしてあのユーシン・ソンと同じように、希少な半貴石や珊瑚のコレクターとしても名が知られている。

『セミプレシャスストーン・デザイン・コンテスト』でグランプリを獲った俺のチョーカーには、とんでもなく美しい桃色珊瑚が留められていた。その桃色珊瑚はまだ人間の手が入っていない天然の巨大な枝珊瑚で、西大路家に伝わるほとんど家宝のようなものだった。本当ならとても提供してもらえるものではなかったが……俺のデザインを気に入ってくれた西大路氏が特別に提供してくれた。

「ロータリーは混《こ》み合うのであまり長居はできません。まずは車にどうぞ」

西大路氏が言い、きっちりとお仕着せを着た運転手がお辞儀をする。彼は俺たちの荷物を受け取り、リムジンのドアを開けてくれる。

車内は趣味のいい栗色の牛革の張られた向かい合わせのシートになっていた。最初に西大路氏が乗り込み、その向かい側に晶也、晶也の隣に俺。一番最後に悠々と乗ってきたムーンシュタイナーは西大路氏の隣に座る。

「この間の『セミプレシャスストーン・デザイン・コンテスト』だけでなく、さらにまたご無理を言うことになってしまって、本当に申し訳ありません」

俺が言うと、西大路氏は楽しそうに微笑んで言う。

「いいえ。電話をくださったアントニオ・ガヴァエッリ氏から詳しい話を聞きました。ずっと倉に仕舞われていたあの桃色珊瑚が、もしもロイヤル・ウエディングに使う宝飾品として甦《よみがえ》るのだとしたら、それは西大路一族にとっても大きな喜びです。もちろん……」

彼はハンサムな顔に一瞬厳しい表情をよぎらせる。

「……中途半端なデザインでは、我が一族の珊瑚を提供することはできませんが」

俺の心が、なぜかズキリと痛む。

……何を動揺しているんだろう、俺は……？

俺の動揺に気づかなかったらしい彼は、視線を俺から晶也に移す。

「こんにちは、篠原くん。早々に再会できてとても嬉しいですよ」

「こんにちは、西大路さん。僕も、早々にまたお会いできて嬉しいです」

にっこりと笑って挨拶をする晶也を、西大路氏はまるで美しい宝石でも見るかのような眩《まぶ》しげな顔で見つめている。実は、晶也は西大路家の一員である兄妹に、二人がかりで襲われそうになったことがある。晶也は手首を縛られ、服を破かれ、さらにまるで淫らな行為をしているかのような写真を撮られた。俺たちが踏み込んだので幸い大事には至らなかったのだが……それは『妹と結婚しなければこの写真を家族にばらまく』と脅迫されていた。

俺は、大切な晶也を襲おうとし、さらに脅迫までしようとした兄妹を絶対に許せなかった。晶也の心を傷つけただけでなく、西大路家にもとんでもなくスキャンダラスな出来事だった。訴えてもいいくらいだと思ったのだが……慈悲深い晶也は、彼らのことはもういい、事件を口外するつもりもない、と言った。

結果的に、西大路家は晶也のおかげでスキャンダルを逃れ、その名声に傷が付くことはなかった。西大路氏は晶也が自分たちの一族を救ってくれた、ととても感謝していた。

彼は、ことあるごとに晶也にちょっとした贈り物を送り、晶也はお礼のために彼に電話をしている。贈り物は『京都一美味しいと思われるほうじ茶』だの『京都の名工が作った面相筆』だので、洒落てはいるが、断るほど高価な品ではない。だが、その頻度がとても高いところを見ると、彼の晶也への気持ちは、ただの感謝をわずかに越えている気もする。

……もしかしたら、俺が嫉妬深すぎるのかもしれないが。

「それから、彼が今回イタリア本社から来てくれたデザイナー、パウル・ムーンシュタイナーです」

俺が紹介をすると、ムーンシュタイナーは西大路氏の方を向きもせず、無愛想な声で言う。

「……パウル・ムーンシュタイナーです」

西大路氏は彼の愛想のなさに一瞬だけ驚いた顔をするが、すぐににっこり微笑んで、

「ガヴァエッツリ・ジョイエッロのイタリア本社のデザイナー室のレベルは、とても高いのだと聞いています。あなたも黒川氏や晶也くんに負けない、とても優秀なデザイナーさんなのでしょうね」

ムーンシュタイナーは気分を害した顔で、西大路氏を見つめる。それから、

「黒川氏はともかく、彼のようなデザイナーと比べられるのは心外ですね」

言って、晶也の方をチラリと横目で見る。

「……あ……っ」

晶也は小さく声を上げ、とても傷ついた顔をする。

誰とも馴染まないムーンシュタイナーのことが心配だったのか、晶也はことあるごとに彼に話しかけ、デザイナー室になじめるようにと気を遣っていた。だがムーンシュタイナーはそのたびに晶也に冷たい態度を取り、意地の悪い言葉を投げかけていた。

「ムーンシュタイナー。一つ聞きたいんだが」

俺は彼を真っ向から睨みながら言う。

「そんなことを言うくらいなのだから、篠原くんの作品を一つでも見たことがあるんだろうな？　例えば『セミプレシャスストーン・デザイン・コンテスト』のアジア大会で佳作を獲った、あの素晴らしいインペリアル・トパーズのチョーカーは？」

「見ていません。新米デザイナーの作品になど興味はありませんので」

「本当に？　それなら彼の作品をけなすようなことを言うのは……」

「黒川チーフ」

思わず身を乗り出した俺の上着の袖《そで》を、晶也が強く握りしめる。

「彼の言うことは当然です。僕は本当にまだまだ駆け出しですし、忙しい本社のデザイナーさんが、僕みたいな新米の作品をチェックしているわけがありません」

見下ろすと、晶也はその琥珀色の瞳をつらそうに潤ませながら俺を見つめていた。晶也は俺から西大路氏に視線を移し、申し訳なさそうに言う。

「すみません。〆切が厳しくてずっと修羅場だったので、二人とも疲れているみたいです」

「たしかに私は疲れています。できれば珊瑚の見学などせずに、すぐにでもホテルに送っていただきたいのですが」

ムーンシュタイナーが横柄な態度で言い、俺は彼を本気で殴りそうになる。が、晶也が俺の上着の袖をキュッと握りしめているせいで、なんとかその衝動を抑えることができる。

「イタリア本社のジュエリーデザイナーさんは、宝石にあまり興味がないようだ」

さっきまでにこやかだった西大路氏が、表情を消していた。鋭い目でムーンシュタイナーを見つめながら、低い声で言う。

「そんな人に、本当に優れたデザインなど描けるのでしょうか？」

「他人の考えはどうあれ、私は自分を一流だと思っていますが？」

ムーンシュタイナーの言葉に、晶也が本気で驚いた顔をする。煌めく才能を持ちながらもとても謙虚な彼には、これはまったく理解できない考え方だろう。

……俺は、ムーンシュタイナーという男が苦手だ。

俺の心が、またズキリと痛んだ。

……そんな相手と一緒に作った作品が……本当に人を喜ばせられる物に、果たしてなっているのだろうか？

AKIYA 6

リムジンの窓から、延々と続く白い壁が見えていた。リムジンが停まったのは、家紋のついた立派な両開きの門の前。そこで初めて僕は、そこが観光地のお城ではなくて個人の邸宅だったことに気づく。

「もしかしてここが、西大路《にしおおじ》家のお屋敷ですか？」

恐る恐る聞くと、西大路さんはうなずいて、

「以前お見せしたのは、倉だけでしたから。今回は自宅の方にある所蔵品もお見せします。もちろん、あの珊瑚《さんご》は運ばせてあります」

両開きの門が、着物を着た二人の使用人さんの手で開かれる。ゆっくりと走りだして門をくぐるリムジンを、使用人さんたちは深々とお辞儀をして迎える。

……なんだか、すごい世界かも……。

リムジンは美しい日本風の庭を通り抜け、車寄せに到着した。

運転手さんが外からドアを開いてくれて、僕たちは車寄せの白石の上に降り立った。

ずらりと並んだ着物姿の使用人の人たちに深々とお辞儀をされて、僕は戸惑ってしまう。

西大路家のお屋敷は、まさに時代劇に出てくる武家屋敷、というイメージだった。着物を着た西大路さんが大小の刀を差していないのが不思議に思えてくるくらいだ。

「さて、せっかく京都に来たのですから、あちらの茶室で濃茶でも一服差し上げ……」

「必要ないと思います」

西大路さんの言葉を、ムーンシュタイナーさんがあっさりと遮った。

……うわ、せっかくのお茶のお誘いを断っちゃうなんて……。

「コイチャというのは和室に座って飲む苦い茶のことですね？　私は興味がない。さらに言えば、あなたのコレクションにも興味がありません」

「なるほど」

西大路さんは口の端になんだか凄《すご》みのある笑みを浮かべて言う。

「本当に無粋《ぶすい》な人だ。……よろしい、さっそく仕事に入りましょう。こちらへ」

僕らが案内されたのは、艶々《つやつや》に磨かれた長い長い廊下を歩き、さらに渡り廊下の先にある、閑雅な離れだった。

座敷から見渡せる庭は、一面、しっとりと濡《ぬ》れたようなエメラルド色の苔《こけ》に覆われている。翡翠色《ひすいいろ》の水をたたえた、趣のある池。その向こうには青みを帯びた奇岩が並び、まるで山水画の世界にまぎれこんでしまったみたい。天然の滝のような雰囲気で岩を水が伝い、池に流れ込む。その静かな水音が、離れの座敷を満たしている。

西大路さんが珊瑚を奥の金庫に取りに行かせている間に、座敷には黒い着物と灰色の袴《はかま》を身につけたハンサムな男性が二人入ってきた。

「茶室での濃茶は断られましたが、これくらいのもてなしは許してください。珊瑚が来るまでの時間つぶしですので、興味がなければ見なくて結構ですよ」

西大路さんがムーンシュタイナーさんに皮肉な声で言い、僕たちに向き直る。

「今日は簡単に焚《た》くだけですが、いつか機会があったら、聞香の会にも参加してください。我が一族は宝石や珊瑚だけではなく、博物館に収めるに相応《ふさわ》しい香木も所蔵しています」

「香木をですか。……さすが西大路家だ」

雅樹《まさき》がとても驚いたような声で言い、僕は話が解《わか》らずに目を丸くする。

「あの。香木っていう言葉は聞いたことはあるんですが、樹皮や根の香りの強いもの……シナモンとかのことだと思ってたんですけど」

「たしかに、シナモンも香る木ではありますね。でもそれとは少し違います」

西大路さんはクスリと笑って言い、袴姿の男性が持ってきた青磁の香炉を示してみせる。

中には白みを帯びた細かな灰が、直径二センチくらいの小さな山型に盛られている。ただの灰ではない証拠に、香炉自体が微《かす》かに熱を帯びているみたい。

「灰の中には小さな炭が入っています。そして……」

袴姿の男性が、竹で作られたピンセットのようなもので、一センチ四方くらいの透き通った板を挟み、それを見せてくれる。よく見ると周りを銅線で囲まれていて、そしてとても薄い。微かにはちみつ色を帯びたそれを通した光景は、微妙に歪《ゆが》んで見えて……。

「ガラス……ではないですよね？」

「たしかこれは、雲母を使うんだ」

僕の言葉に、雅樹が答える。僕は驚いてしまいながら、

「すごい。雲母をこんなふうに使うなんて、すごく贅沢ですね」

「とても変わった石の使い方ですが、昔からの作法ですよ」

西大路さんが言い、袴姿の男性がそれを慎重な手つきで灰の山の頂点に置く。その雲母の板の上に、本当に小さな、一片が三ミリくらいの木片を置く。

「最後に置かれたのが香木です」

「あんなに小さな物が香りを？　……あ……」

僕はふんわりと鼻に届いた、なんともいえない香りに思わず声を上げる。

「……本当だ……」

「香木というのは、いわば木の化石のようなものです。香りのする樹液が木の本体に染み込み、少しの隙間もなく満たし、そのまま結晶化したものです。それは石のように重く固まり、水の中では沈む。沈香《じんこう》といいます」

袴姿の男性が香炉を慎重に運び、床の間に設置する。一糸乱れぬタイミングで揃《そろ》って礼をし、そして座敷を出ていく。

「沈香は何百年経過しても腐ることがない。たしか、正倉院にも収められていたはずですね」

雅樹の言葉に、西大路さんはにこやかにうなずく。

「よくご存じだ。正倉院にあるのは一メートルほどある巨大な沈香です。悠久の昔から、新しく即位した天皇や時の権力者のみが、それをわずかに削り、焚くことを許されました。最近では趣味人だった前総理大臣が、それを焚いたようですね」

なんともいえない典雅な香りが、座敷を満たしている。時を忘れ、心からリラックスしてしまいそう。

「今焚いている沈香は、正倉院の物ほどではありませんが、かなり歴史の古いものです。時価数千万円と言われていますので、半端な宝石よりも高価かな？」

「自慢話はそれくらいにして、さっさと珊瑚を見せていただけませんか？」

ずっと黙っていたムーンシュタイナーさんが、冷淡な声で言う。

「自慢話？」

西大路さんがさすがに不愉快そうに眉《まゆ》を寄せる。ムーンシュタイナーさんは、

「ただの木に数千万円もの値段を付けるなんて、東洋人の感覚はまったく理解できません」

「返す返すも無粋な人だ。あなたのような人に風流を理解してもらおうとは思いませんよ」

西大路さんが言った時、失礼いたします、という声がして襖《ふすま》が開く。開いた襖の向こうには、片膝《かたひざ》をついた黒い着物の男性。そしてやはり黒い着物姿の男性二人が、一メートル四方もありそうな大きな桐《きり》の箱を持って立っていた。彼らは滑らかな足さばきで座敷に入ってきて、それを部屋の中央に慎重に置く。

「なんですか、それは？」

ムーンシュタイナーさんが、いぶかしげな顔でその箱を見つめて言う。

「珊瑚ですよ」

西大路さんが言って、二人の男性に合図をする。彼らは蝶《ちょう》結びにしてあった組紐《くみひも》を解《ほど》き、被《かぶ》せる形になっていた蓋《ふた》を慎重に持ち上げる。

「……あ……」

いつも無感情なムーンシュタイナーさんが、銀縁眼鏡の向こうの目を、驚きに見開く。

そこから現れたのは、とても立派な桃色珊瑚の原木だった。堂々たる枝ぶり、そして少しの斑《ふ》もない美しい珊瑚色の肌。それは濡れているかのように艶々と輝き、見る者の心を蕩《とろ》けさせてしまう。

「……これは……」

珊瑚を見つめるムーンシュタイナーさんの声が、動揺を表すように微かにかすれている。

「原木のままの桃色珊瑚を見たことがありませんか？　黒川《くろかわ》氏のチョーカーにセットしたのは、これから切り取り、加工したものです」

西大路さんは言って、切り取られた枝の切り口を示す。

「私が、デザイン画を見てからでないと珊瑚をお分けできないと言っていた意味がわかっていただけましたか？　半端な作品のために、我が一族の財産を切り取るわけにはいかないのですよ」

彼はさっきまでの優しい雰囲気とはまったく違う、厳しい顔になって言う。

「それでは」

西大路さんは雅樹とムーンシュタイナーさんの顔を見比べて言う。

「お二人のデザインを、見せていただきましょうか」

雅樹はうなずいて、脇に置いてあったカルトンを開く。

「ティアラが俺、そしてバングルをムーンシュタイナーがデザインしました」

二枚のコピーをそこから取り出し、彼の方に向けて畳の上に並べる。

……あ……。

僕は、二人が言い争っているのを聞いてはいたけれど、二人が描いたデザイン画を見るのは初めてだった。それは現代風とクラシカルが融合したような独得のラインを持つ、とても美しいデザイン画だった。もしもそれが普通の依頼だったら、きっと何の迷いもなく「なんて素敵なんだろう」と見とれることができたと思う。でも……。

僕の鼓動が、不吉に高鳴る。

……このティアラとバングルは……。

「残念ながら、ムーンシュタイナー氏のデザインしたこのバングルは、私の一族が守ってきた珊瑚をセットするのにはふさわしくありません」

西大路さんは、バングルのデザイン画を見つめながら言う。それから雅樹が描いたティアラのデザイン画の方に目を移して、

「あの素晴らしいチョーカーをデザインした人が描いたものとはとうてい思えません」

雅樹のデザインがそんなふうに言われることは、僕にとってショックだった。でも……。

「私は職業柄、さまざまな優れたデザイン画を見てきました。このデザイン画は、とてもレベルが高く、センスがいい。だが……」

彼はその端整な顔にとても厳しい表情を浮かべて雅樹の顔を見つめる。

「……このデザインは、私の心を動かさない」

……そうかもしれない……。

僕は二枚のデザイン画を見下ろしながら思う。

……どちらもとても美しい、だけど、心が動かされない。

これは、珊瑚がとても好きな王女様が、一生にたった一度の結婚式でつけるものだ。だか

らデザインとしての完成度が高いことや、細工の斬新さよりも、見る人の心をいやおうなしに動かすような何かがなくてはいけないはずで……。

「用件は済みました」

西大路さんが言って、すっと立ち上がる。

「どうかお引き取りください」

無感情な声で言い、そのまま座敷を出ていってしまう。珊瑚の箱の蓋を閉め、紐を結び直していた男性二人が、慎重な手つきでその箱を持ち上げ、西大路氏の後を追って部屋から出ていく。

僕は呆然《ぼうぜん》と正座したまま、全身から血の気《け》が引くのを感じていた。

……どうしよう、大変なことになってしまった……。

MASAKI　7

……描くしかない、描くしかないんだ……。

俺は自分に言い聞かせ、ホテルの部屋に籠《こ》もって猛然とラフを描き続けた。

……もしもこのまま負ければ、日本支社が撤廃になってしまう……。

激しいプレッシャーが俺の肩にずっしりとのしかかる。

……負けるわけにはいかない。俺を信頼してくれた日本支社デザイナー室のメンバー、そしていつも俺を信じてついてきてくれる愛する晶也《あきや》のためにも。

だが、頭の中は混乱し、描いても、描いても、美しいラインのティアラなど生まれてこない。

「……どうしてだ……？」

俺はクロッキー帳に数え切れないほどのラフを描き散らしながら、自問自答する。

「チョーカーは描けたじゃないか。なのに、どうして……？」

俺は自分を責め、自分の実力のなさを責め、そしてひたすらにラフを描き続け……。

AKIYA　7

「ニシオオジさん……だっけ？　なんという大人げない人なんだろう」

ムーンシュタイナーさんが、あきれるほど平然とした声で言う。

「私の態度が気に入らないからといって、腹いせに珊瑚を売らないと言い出すなんて」

ここは、会社が用意してくれた京都市内のホテル。そのロビーフロアにあるバーだ。

雅樹は自分のデザインが受け入れられなかったことに愕然《がくぜん》とし……ホテルに帰ってきた途端、部屋に閉じ籠もった。今頃は、猛然とラフを描いているに違いない。

……なのにこの人は……。

ムーンシュタイナーさんは雅樹の様子とはうらはらに、まったく焦っている様子もない。

……デザイン画をイタリアに持っていく期限まで、あと、八日しかないのに。

雅樹が「仕事をしたいので先に部屋に戻る」と言って去った後。疲れているとさんざんごねていたムーンシュタイナーさんが、なぜか僕をバーに誘った。

「わざわざ日本まで来てあんな失礼な態度をとられたのでは、割に合わないな。ミスター・

クロカワには申し訳ないけれど、そろそろイタリア本社に帰りたい気がしてくる」

言いながら、三杯目のウオッカ・マティーニを一息に飲み干す。そしてバーテンさんに合図をして、

「同じ物を。ウオッカを強めで」

……部屋に帰ってラフを描き直さなきゃいけないだろうに、そんなに飲んだら酔っぱらってしまう。

悠然としている彼を見ているだけで、なんだかこっちが泣きそうな気持ちになる。

……もしかして、西大路さんにラフをボツにされたことが、飲まずにはいられないほどのショックなんだろうか？

僕は、きっとそうだ、と思う。

……イタリア本社にいる人だから、すごくプライドが高いに違いない。なんとかして、西大路さんが悪意であぁ言ったわけじゃないって説明しなきゃ。そしてやる気を出してもらって、素晴らしいラフを描いてもらわなきゃ。

僕は、ジンジャーエールを飲みながら、なんて言えばいいんだろうと考える。

……彼と話すのは、かなり緊張するんだけど……。

「あの……西大路さんのことなんですが……」

「またあの男の話か？　考えるのもうんざりだな」

「たしかに、彼の言い方はちょっと冷たく聞こえたかもしれません。でもあんな言い方をしたのは、きっと黒川チーフとあなたに、さらに素晴らしいデザインラフを描いてもらうためで……」

「あの男をかばうのか？」

できるだけ丁寧に言ったつもりだったのに、ムーンシュタイナーさんは激しい怒りを露《あら》わにする。あまりの剣幕に、僕は驚いて硬直してしまう。

……え……？

「私には、デザインの実力がないと言いたいのか？」

怒りにギラつく目で睨《にら》まれて、僕はあまりの迫力に青ざめる。

「そ、そんなことは……」

「イタリア人でもない私が、ガヴァエッツリ本社のデザイナー室などで働くべきではない、そう思っているんだろう？」

「そんなことは思っていません。黒川チーフだって本社で働いていましたし……」

言うと、彼ははっと我に返ったような顔になる。そして、

「マサキ・クロカワは別格なんだ。しかし私など、ただの……」

何かを言おうとして言葉を切る。彼の苦しげな声に、僕はひっかかるものを感じる。

「ただの？　あなたはあのマジオ・ガヴァエッツリ副社長のお墨付きで日本にいらしたデザイ

ナーじゃないですか」

僕の言葉に、彼は自嘲的《じちょうてき》に笑う。

「お墨付き？　まさか」

彼は言って、僕と彼の間にあった伝票をつかむ。

「ドイツ人の私が、彼にそれほど信頼されるわけがないだろう？　彼は完全なるイタリア人至上主義者だからね。……失礼するよ」

言って、彼は伝票を持ってバーを出て行ってしまう。

……今の言葉は、どういう意味なんだろう？

MASAKI 8

「なるほどね」

恵比寿《えびす》にある超高級ホテル、そのプレジデンシャル・スウィートに、アントニオはもう一年近くも長期滞在している。ホテルの最上階にあるバーの、一番見晴らしのいいソファ席は、ホテルの最上客であるアントニオのために、毎晩空けてあるらしい。そのソファ席で、俺とアントニオは向かい合っていた。

「これでまた、西大路氏の審美眼がたしかであることが証明されたというわけだ」

ソファの間のローテーブルには、二枚のコピー。俺と、そしてムーンシュタイナーが西大路氏に見せ、そしてあの桃色珊瑚には相応しくないと判断された、あのデザインラフだ。

「彼がこのデザインではダメだと言った理由は、もうわかったか？」

アントニオはマティーニのグラスを揺らしながら言い、俺は苦い気持ちでかぶりを振る。

「いいえ、わかりません」

京都のホテルで、俺は一晩中ラフを描き続けていた。

だが、俺には答えが見いだせなかった。

俺の手は使えないラフを描き続け、頭は混乱したままだ。

今朝。心配していたらしく寝不足の赤い目をした晶也と、そしてとてもよく寝たらしく満ち足りた顔をしたムーンシュタイナーと共に新幹線で東京に戻ってきた。

ムーンシュタイナーは西大路氏を悪者にするばかりで、自分のデザインが悪かったとはまったく思っていないようだった。俺は彼にデザインコンセプトから練り直すことを提案し、彼は渋々了承したが……本当はまったくその気がないようだった。

俺は、ペリエを飲みながら深いため息をつく。

「残りの時間はあと六日。本当に……あんな依頼をこなすのが可能なのか、少々不安になってきましたよ。もちろん今さら言ってもしかたがありませんが」

「おまえらしくもない弱気だな」

アントニオは言い、それからその黒い瞳で俺を真っ直ぐに見つめる。

「日本支社デザイナー室のメンバー、そしてもちろん晶也も、おまえのことを信じている。自分のセンスを信じて惑わされるな。それが解決への糸口だろうな」

……自分のセンスを信じる……そういえば、すっかり忘れていたかもしれない……。

AKIYA　8

……僕にも、何かできるといいのに。

僕は、難しい顔でクロッキー帳を見つめる雅樹を見ながら思う。雅樹はずっと紙面を見つめたままで、さっきから少しも手を動かしていない。静止していた雅樹が、ため息をついたのが解る。彼はシャープペンシルを置き、デスクに積んであるファイルの中から一冊を取って開く。

背表紙にラベルのつけられたそれは、雑誌や図鑑などのカラーコピーを綴《と》じたもので、デザインを描く時の資料になる。新しい宝飾品雑誌のカラーコピーをとってファイリングする作業は僕らひらデザイナーが交代で引き受けている。

……だけど……最近忙しくて、資料整理もできていなかったかも……。

雅樹が見ているのは『ティアラ』とラベルの貼られたファイル。もともと資料が少ないものであるうえにファイリングをサボっていたせいでとても薄っぺらいのが解る。しかも挟んであるのはよく見かける有名なティアラの写真ばかり。わざわざ見るほどのこともないものだろう。

雅樹はそれをめくり、そして、役に立たない、という顔ですぐにパタンと閉じてしまう。

……ちゃんと資料を集めておけば、少しは役に立てたかも……。

僕は思い、ハッと気づく。

……資料室をきちんと探せば、ティアラの資料が見つかるかも！

僕は思わず勢いよく立ち上がる、驚いた顔で見上げてきた田端《たばた》チーフに言う。

「すみません、ちょっと資料室に行ってきます！」

僕はそのままデザイナー室を走り出て、資料室に向かう。

……少しでも雅樹の役に立てたらいいんだけど……。

日本支社の建物の中にはいくつかの資料室がある。僕は最初に一番大きな資料室に向かう。受付カウンターで名簿に部署名を書き、そこにいた事務サービスの女性に宝飾品雑誌のある場所を教えてもらって書棚の間に踏み込む。

「……ティアラ……それから珊瑚かな……？」

僕は彼の仕事と関係のありそうな本を次々に書棚から引き出し、役に立つ記事が載っているかどうかを確認した。リングやネックレスなどはあるけれど、ティアラの特集はまったくない。雑誌関連はほとんど全滅で、あとは宝飾品図鑑みたいなものを探すしかなかったんだけど……。

「……いい資料、ないなぁ……」

本を書棚に戻しながら思わず呟《つぶや》く。ごく基本的なティアラの説明とか、珊瑚に関する学術的な資料とかはあるんだけど……どれもデザインには役に立ちそうにないものばかりだ。

「あのぉ……宝石デザイナー室の篠原《しのはら》さん、ですよね？」

控えめな声に顔を上げると、そこにはさっきまでカウンターにいた事務サービスの女性二人が立っていた。

「あ、はい。そうですが」

僕が答えると、彼女たちは頬《ほお》を染めながら口々に言う。

「もしかして、珊瑚の資料を探してます？」

「あと、ティアラとか、バングルとか？」

「え？　どうしてそれを？」

僕が思わず聞いてしまうと、彼女たちはさらに頬を染めて言う。

「だって、デザイナー室の黒川チーフが王室の結婚式向けの珊瑚のティアラとバングルをデザインするって、もっぱらの噂ですから」

「黒川チーフ、やっぱりすごいですよねえ」

……彼女たちは雅樹のファンか。しかし、デザイン依頼の細かい内容なんて、どうして噂になっているんだろう？

「そんな詳しい噂、どこから聞いたんですか？」

僕が不審に思いながら言うと、彼女たちは、

「ムーンシュタイナーさんっていう、あの銀髪に眼鏡のデザイナーさんが言ってました」

「この部屋にある資料を全部出してくれって。珊瑚とティアラ、それとバングルに関する資料は、あの方がすべて持って行かれましたよ。デザイナー室にあると思うんですけど」

「……え……？」

その言葉に、僕は驚いてしまう。

「でも、見かけなかったけど……」

僕も、彼が資料を持ってきていないかと思って、デザイン室を出る時にデスクの上を見た。だけどそれらしきものがまったくなかったから、資料室に向かったんだ。僕らのデザインデスクの上には、様々なファイルやら画材やらがたくさん置かれている。だけど、短期間日本に出向してきているだけの彼のデスクの上はほとんど空。そんな資料があれば、ちゃんと気づいたはずだ。

「でも、ちょっとイジワルっぽい人ですよねえ」

「そうそう、美形は美形なんだけど、なんだか冷たい感じ」

二人はドアの方をうかがいながら急に声をひそめて、

「かなり大量で重そうだったんで『カラーコピーもできますよ』って教えてあげたんです。

そうしたらなんか急に怒りだすし」

「そうそう。『持ち出しが許可されていないのならそう言えばいいじゃないか』って怒られました。『許可されてますけど』って言ったらそのまま持って帰っちゃった」

その時のことを思い出したのか、ムッとした顔で言う。

「すみませんでした。デザイナー室の者が失礼をしたみたいで……」

僕が思わず謝ると、二人は驚いた顔で、

「篠原さんが謝ることないですよ！」

「そうそう、イタリア本社から来た人って、たいがいめちゃくちゃ意地悪だって聞くし！あ、ガヴァエッリ・チーフと黒川チーフは別ですけどね！」

彼女たちは言ってから、

「しかし、デザイナー室に資料がないっていうのは変ねえ」

「もしかして、規定がよくわからなくて家に持って帰っちゃったとか？」

「……それは……困ったな……」

僕は思わず青ざめる。

……雅樹のためとはいえ、自分よりもずっとベテランのムーンシュタイナーさんに『早く資料を返してください』なんて言えないよね。

……さらに雅樹に『あの人が資料を全部独占してますよ』なんて告げ口するのも、同じデザイナー仲間としてどうなんだろうって感じだし。ただでさえ雅樹と彼はうまくいっていない雰囲気なのに、ますます悪化しそうだ。

落ち込みそうな僕に向かって、二人は、

「あ、でも。あの人は『この部屋にある資料をすべて……』としか言わなかったんですよ」

「え?」

顔を上げた僕に、二人はイタズラっぽく笑いかけてくる。

「一番いい資料は、ここじゃなくて商品部のフロアの資料室にありますから」

「あの人、もう大量の資料を借りてたし、そのうちに黒川チーフが資料を探しに来るだろうと思ってたし……だからあの人には特に教えませんでした」

「もちろん『ほかに資料室はないか』って聞かれたら、教えないわけにはいかなかったですけどね」

「でもそうは聞かれなかったたし、何より私たち、黒川チーフのファンだし」

「そうしたら、商品部のフロアの方の資料室に行きます。教えてくださって、ありがとうございました」

僕がぺこりと頭を下げると、二人ははしゃいだ声で、

「黒川チーフに、お仕事頑張ってくださいって伝えてくださいね!」

「事務サービス全員で応援してますからって!」

「わかりました、伝えておきます」

僕は二人に笑いかけ、書棚の間を縫ってドアに向かって歩きだす。

「あの、篠原さん！」

「はい？」

「私たち、黒川チーフだけじゃなくて篠原さんのファンでもありますから！」

「だから篠原さんもお仕事頑張ってくださいね！」

口々に言ってもらえて、僕はちょっと感動してしまう。

「どうもありがとうございます。黒川チーフにも伝えますので」

僕は言い、彼女たちが教えてくれた、商品部のフロアにある資料室に向かったんだ。

◆

「……すごい……」

資料室の書棚の間で、僕は感動していた。

「……こんなに資料があったなんて」

最新の雑誌などを揃えているさっきの資料室と違って、こっちは古めの雑誌や豪華本を豊富に置いていた。僕は一冊一冊中を確かめては、資料として使えそうな本だけを書棚の脇の

小机に積み上げていく。

「こんな資料もあったんだ……」

僕が広げているのは、世界中の王室が所蔵する宝飾品を特集した雑誌。かなり古いものだから、書店で見つけるのは絶対に無理だっただろう。雅樹にティアラを依頼したあのウィルヘルム公国が所有する宝飾品（もちろん歴代のティアラも）もあり、僕は目が吸い寄せられてしまう。

……すごい。

ウィルヘルム公国は、東欧にある緑豊かな小国だ。第二次大戦中に他国との交渉を絶ってしまい、一時期は情報がまったく入らなくなった。だけど十年前にやっと近隣諸国との国交を回復し、最近ではもともと豊かだった鉱物資源と美しい景勝地を生かした観光収入で、とてもリッチな国として生まれ変わった。

金が豊富に産出される国だけあって、国内に優秀な職人さんも多かったのだろう。ティアラだけでなく、所有の宝飾品はそれぞれ各時代の流行を取り入れ、さらに高い技術を駆使したとても素晴らしい物に仕上がっている。

……ジョージアン、エドワーディアン……東欧の小さな国で、アンティークジュエリーの代表作ともいえるような宝飾品たちを、こんなにたくさん作り上げていたなんて。

僕はページをめくりながらため息をつき、それからふと気づいて腕時計を見下ろす。

「うわ、熱中してすごい時間が経《た》ってる」

雑誌を閉じて積み上げてあった本の上に載せ、本の山を抱えて受付カウンターに向かう。そこにいた事務サービスの女性からコピーカードをもらって、入り口近くにあるカラーコピー機のところに本を運ぶ。隣にある机に本を積み上げ、僕はふと気づく。

……参考になるくらいのものはファイル用に一部ずつコピーすればいいんだろうけど、ウィルヘルム公国に関係する資料は、雅樹専用の分も取った方がいいだろうな。

新しくファイリングをすると、みんなが面白がって回覧するから、なんだかんだで一週間くらい書棚に戻らないことも多い。資料を独占して手元に置いておくのはけっこう顰蹙《ひんしゅく》なんだ。

……ウィルヘルム公国の素晴らしい宝飾品の資料、僕もすごく欲しい。だから、ファイル用と、雅樹の分と、僕の分、と。

僕はすごく得をした気持ちで『3』の枚数ボタンを押そうとして……それからふと気づく。

……きっと、ムーンシュタイナーさんも欲しいだろうな。

彼の雅樹への態度はとても失礼だし、僕らを見る冷たい視線を思い出すと、なんだかそれだけで落ち込みそうになる。

それに。自分が好きな物だけを描くのではなく、毎回さまざまな依頼に対応しなくてはいけない企業デザイナーにとって、資料はとても大切なものだ。描き始める前にできるだけたくさんの資料を読んで、依頼に対する知識を集めなくてはならない。本社で働いているジュエリーデザイナーなら、そんなことは解っていて当然なのに。だけど彼は、あっちの資料室にあった資料を一人で独占してしまったんだよね。

……もしかして、雅樹に意地悪してるのかな？　あのイタリア本社でマジオ・ガヴァエッリ副社長の下にいたのなら、きっと雅樹の悪口を吹き込まれてきただろうし、東洋人と日本支社に偏見があっても全然おかしくない。雅樹に対する尊大な態度を思い出すと、それはありありと解る感じだし。

僕はため息をつき……枚数ボタンを『4』に変更して、カラーコピーをスタートさせる。

……もしも雅樹に意地悪してるのならちょっと頭に来るけど……でも今のムーンシュタイナーさんは雅樹とコンビを組んでいる人だし、それに彼だって資料は欲しいはずだし。

カラーコピーを取り上げて、それがとても高画質であることに満足する。

……これが、少しは雅樹の参考になるといいんだけど。

MASAKI 9

「あの……」

チーフ席の脇に立った晶也が、遠慮がちに言う。俺は真っ白いクロッキー帳から目を上げて、彼を見上げる。

「どうかした？」

声が知らずに鋭くなってしまったことに気づき、後悔する。晶也は一瞬怯《おび》えたような顔をするが、すぐに勇気を出したように俺を真っ直《まっす》ぐに見据える。

「お邪魔してすみません。ええと……もしかして、もうお持ちかも知れませんが」

言って、何かたくさんのカラーコピーが挟まったクリアファイルを差し出してくる。

「これは？」

「資料です。偶然に見つけたので、よかったらどうぞ」

「ああ……どうもありがとう」

俺は受け取り、踵《きびす》を返した晶也がもう一冊同じクリアファイルを持っていることに気づく。

「あの、ムーンシュタイナーさん」

晶也は離れたデスクにいるムーンシュタイナーのところに行き、俺に渡したのと同じ資料を彼に差し出す。

「なんなのかな、これは？」

クロッキー帳から顔も上げずに言う彼に、晶也は、

「資料です。たまたま見つけたのであなたの分もコピーしました。よろしければどうぞ」

「……え……？」

ムーンシュタイナーはなぜかとても驚いた顔で、晶也を見上げる。

「私に？」

「ええ。ラフ、頑張ってください」

晶也はその顔にやさしい笑みを浮かべ、踵を返す。ムーンシュタイナーは、ファイルを持ったまま、呆然《ぼうぜん》と晶也の背中を見送っている。

……不愉快な思いばかりをさせられているのに。本当に優しいんだな。

俺は胸が痛むような気持ちを味わい、それからクリアファイルからコピーを取り出す。

「……あ……」

それを一枚一枚見て、思わず小さく声を上げる。

彼が持ってきてくれたのは、なんとウィルヘルム公国の所蔵しているティアラの写真だっ

た。もちろんすべてではないだろうが、かなりの点数になる。さらに、セットになる宝飾品類まで……。

……こんな資料を、いったいどこで……?

宝物庫にとんでもないコレクションが眠っているといわれるあの国だが……東欧の暗い歴史を未だ引きずっているせいで、今でもかなりの秘密主義だ。

俺はインターネット書店を経由して、あの国に関するかなりの資料を集めたつもりだ。しかしあの国の研究書はいくらでもあったが、明確な写真つきのティアラのコレクションだけが、どうしても見つからず……。

「……素晴らしいな……」

俺は紙をめくりながら、思わず呟く。

晶也がコピーしてくれたのは、ティアラだけでなく、バングルやチョーカー、そして珊瑚や真珠、黒真珠などのオリエンタルなイメージの素材を使ったコレクション写真だった。

どうやら古い資料からのカラーコピーのようで、原本の紙がわずかに変色しているのがコピーでも解る。

……きっと、あの国が開放的だった頃に撮られたものだろう。

俺は美しいコレクションの数々に見とれながら思う。

……本当に、とても貴重な資料だ。

ふと顔を上げ、同じ資料をもらったであろうムーンシュタイナーの方を見ると……彼はコピーをめくりながらなぜか秀麗な眉をきつく寄せ、苦しげな顔をしていた。

……あの国が所有する宝飾品たちと、自分が作ろうとしている現代風の作品とのギャップに、気づいたのだろうか？

俺は思い、少しだけ溜飲《りゅういん》が下がった気がする。

「篠原くん」

俺が呼ぶと、晶也はクロッキー帳から顔を上げ、どこか緊張した顔で答える。

「はい」

「素晴らしい資料をどうもありがとう。とても参考になりそうだ」

言うと、彼の顔がパアッと明るくなる。

「本当ですか？　よかったです」

琥珀色《こはくいろ》の瞳をわずかに潤ませながら、彼はとても嬉しそうに微笑《ほほえ》む。

「頑張ってくださいね」

……ああ、彼の微笑みは、それだけで俺をこんなに癒してしまう。

AKIYA　9

「……ん……」

寝返りを打った僕は、ふと気づいた違和感にゆっくりと覚醒《かくせい》する。

就業前、雅樹からメールが入った。『資料のお礼に夕食をご馳走《ちそう》したい。今夜、時間はとれる？』という優しい文面を読んで、僕はなんだか胸が熱くなった。僕はすぐに『もちろんです。楽しみにしています』という返信を返した。

彼は「どこに行きたい？」と聞いてくれたけど、あまり遅くなって彼の仕事に支障が出てはいけないので、僕は会社のそばの店を選んだ。アルコール抜きの軽い夕食を一緒にして……電車で家に帰ろうとしたらそのまま車に乗せられて、天王洲《てんのうず》の彼の部屋まで連れてこられてしまった。

彼の部屋に来て、僕はあらためて自分がどんなに彼に抱かれたいと思っていたかが解った。だって、部屋に漂う彼の香りを感じるだけで、僕の身体《からだ》は熱くなってしまって……。

僕は慌ててシャワーを借り、すでに仕事を始めていた雅樹と、おやすみのキスだけをした。

そして「ひと段落したらちゃんと寝てくださいね」って言って先にベッドに入った。

……本当は、キスをしただけでイキそうなほど、彼が欲しかったんだけど……。

「……ん……」

僕は寝ぼけながら、彼の体温を探して手のひらをシーツに滑らせる。でも、彼のあたたかな身体のあるべき場所に今はなにもない。シーツは冷たく誰も寝た形跡も残さずにピンとしている。

僕は重いまぶたを開き、ベッドの向こう側に誰もいないことで落胆する。

「……雅樹……」

僕はベッドの上に起き上がり、ロフトの手すり越しに下を見下ろしてみる。

彼は窓際に立ち、見るともなしに外を眺めているようだった。月光に浮かび上がる彼の横顔はどこか苦しげで……僕の心が、ズキン、と痛んだ。

……雅樹は、一人きりで戦っている。

彼は日本支社デザイナー室の未来を背負っているというプレッシャーがあるうえに、気の合わないムーンシュタイナーさんと組んでいる。本当に消耗するだろう。

ストイックな彼は、一つの仕事に持てる限りの力を注ぎ込む。そのために限界まで自分を削ってしまうこともしばしばだ。自分との葛藤《かっとう》に苦しみ、憔悴《しょうすい》してしまった彼の姿を僕は今までに何度も見たことがある。

創作者としての彼のその姿勢は、とても正しいと思う。だけど恋人としては……愛する彼が苦しんでいる姿を見るのは、本当につらい。

……僕で、癒してあげることができればいいのに。

僕は思いながら、ベッドから立ち上がる。そして、足音を立てないように気をつけながらパンチングメタルの階段を踏み、ロフトから降りる。

窓の外を見つめていた彼は、気配を感じたようにふと振り返り、僕を見て驚いた顔をする。

「晶也。……起こしてしまったかな？」

「いえ、たまたま目が覚めちゃっただけですから」

僕は言って彼の隣に並ぶ。

「君のくれた資料のおかげで、だいぶ頭の中がまとまってきた気がする。どうもありがとう」

雅樹が僕を見下ろし、優しい声で言ってくれる。

「できそうですか？」

僕は喜びのあまり思わず聞いてしまい、それから慌てて、

「すみません、プレッシャーを与えるようなことを言ってしまって」

彼は苦笑して、気にしなくて大丈夫だよ、と言ってくれてから、

「俺は恋人である君に、とても気を遣わせてしまっているな。俺がもっと強い人間なら、どんな不愉快なことがあっても、そしてどんなに強いプレッシャーがあっても……心を乱した

りせずに、創作に打ち込むことができるはずなのに」

雅樹は視線を窓の外の夜景に向け、それから独り言のような声で呟く。

「俺は……本当に弱い人間だ」

静かな口調に滲《にじ》んだ苦悩に、僕の心がズキリと激しく痛んだ。

デザイナー室の存続のために、彼は今、本当に一人きりで戦っている。仲間であるはずのムーンシュタイナーさんとの溝、さらにムーンシュタイナーさんの後ろに見え隠れするマジオ・ガヴァエッツリ副社長の存在、そして……デザイナーである自分自身と。

そのストレスは、僕みたいな駆け出しの想像をはるかに超えて大きいものだろう。

……雅樹は、もうボロボロになりそうなほど疲れている……。

「あなたは弱くなんかありません」

僕は思わず手を伸ばし、彼の身体にそっと抱きつく。

「晶也」

雅樹は少し驚いたように言うけれど、すぐに僕のことを抱き締めてくれる。

「あなたは僕たちのために必死で戦ってくれています。愛しています、雅樹」

彼の逞《たくま》しい胸を覆うサラサラとしたシルクのパジャマに、僕は頬を擂《す》り寄せる。

……ああ、僕といる時だけは、すべてを忘れて安らいでくれたらいいのに……。

……そのためなら、どんなことでもしてあげたいのに……。

彼の手が、僕の身体をさらに強く抱き締める。

「君の存在に、どんなに救われているかわからない」

雅樹は囁《ささや》いて、僕の髪に、そっとキスをする。

「愛している、晶也」

「雅樹」

僕は彼の胸に額をキュッと押し付けて、苦しい気持ちで囁く。

「僕にできることがあったら、なんでも言ってください。少しでもあなたの役に立てればと思うのに、何もできない自分がもどかしいです」

「晶也？」

彼は、指先で僕の顎《あご》をそっと持ち上げる。漆黒の瞳が僕を見下ろしてきて、

「君はあんなに珍しい資料をたくさん集めてきてくれたじゃないか、とても参考になった」

「本当ですか？」

「そうだ。あの資料で、ウィルヘルム王家の女性たちがどんな好みをしていたかの傾向が、少しだけわかった」

僕は、驚いて目を見開く。

「好み？　僕にはティアラの大きさもデザインもかなりばらばらに見えました。どんな傾向があったんですか？」

興味津々で目を輝かせてしまう僕に、雅樹は苦笑する。

「ああ……君をすぐにでも寝かしつけなくてはと思っていたんだが？」

「教えてもらえるまで、気になって眠れません」

言ってしまうと、雅樹は笑みを深くして、

「仕方のない子だ。眠くなるまで少しだけ、だよ。……おいで」

雅樹は僕をアトリエに連れて行ってくれる。アトリエのデザインデスクの上には僕があげたカラーコピーがいくつかの山に分けられていた。

雅樹は自分のデザインチェアに座り、隣のデスクにあった僕のデザインチェアを引き寄せてそこに僕を座らせる。

「ティアラの大きさ、種類ともに君が言うようにバラバラだ。まさに王冠といったイメージの被るタイプから、前面だけに細工がある小さなものまで」

僕は手を伸ばしてコピーの山を一つ手に取り、それをめくってみる。

「この山の中には、王冠のものも、もっと小さなものも、混ざっていますが……」

「俺が分けた、山ごとの共通点はわかる？」

僕は考えながらコピーをめくり、

「使ってある石はダイヤが多いですが、たまにルビーやサファイヤもあります。パールもけっこうありますね。金の産出で有名な国だけあって地金はほとんどが金ですが……たまにプラチナもあるし……」

　コピーをめくっていた僕は、あるティアラを見て手を止める。コピーをとっていた時にも気になっていた、とても素晴らしいティアラ。

「これ、本当にすごいですよね」

　そこに写っていたのはまるで複雑なかたちに編み上げたレースを表面に貼り付けたような、柔らかな質感を持つ繊細な細工のティアラ。だけどもちろんそれはレースではなく、数え切れないほどのものすごく小さなパールでできていることが解る。定規と並べて拡大された写真が一緒に載っていたんだけど、それもいちおうコピーした。

「これ、シードパールですよね？　現代では、完璧に復元できる職人さんはほとんどいないと言われています。しかも小さな部分ならまだしも、全体がシードパールで覆われてる……」

　直径2ミリ以下、重さ0・25グラム以下の小さな淡水真珠のことを、シードパールと呼ぶ。それの一つ一つに小さな穴を開け、馬の毛で作った細い糸を通し、切らないように編み上げ、それを金で作った台座の上にセットしてある。とんでもなく手間のかかる職人技なんだ。

「これはすでにシードパールではない。さらに小さなマイクロパールと呼ばれるものだろう。現代の技術では、絶対に復元不可能だろうな」

　雅樹がいくつかに分けられた山のカラーコピーをめくりながら、

「このグループの王冠にはゴールドフィリグリーと呼ばれる金線細工が使われている。このティアラなら、この部分だ」

「え？　ただの模様にしか見えませんけど……」

雅樹は置いてあった宝石用のルーペを開き、僕に渡してくれる。

「これで見てごらん」

僕はルーペを受け取って目に当て、コピーを拡大してみて、

「うわ！　編んである！」

カラーコピーを拡大して見たから粒子が粗くてかなり解りづらかったけど……たしかにそれはただの模様ではなかった。径が一ミリを切るようなとんでもなく細い金線を編み上げ、それを立体的に組み上げたものだと解った。

「……ちょっと見ると『綺麗』で終わりそうなんですけど、なんだかとんでもない……」

僕は呆然とカラーコピーの山を見渡しながら言う。

「……国の所有物、っていうのはこういうものなんですね。スケールが違う……」

「ウィルヘルム公国のロイヤル・ウエディングに使われる宝飾品には、それほどの意味があるんだ」

雅樹は感嘆したようなため息をつき、

「ウィルヘルム公国のとんでもなく高い彫金技術と、王族のジュエリーに関する関心が並々ならぬものであることが伝わってくる。君のくれたコピーを見て胸が熱くなった。そして、

自分などがデザインした作品が、ここに並ぶ価値があるのかを考えたら……」

「……雅樹」

彼の眉間《みけん》が苦しげに寄せられたのを見て、僕はたまらなくなる。そして思わず立ち上がり、彼の頭を胸にしっかりと抱き締めてしまう。

「こんな美しいものを見て、なのに後ろ向きなことなんか言ったらバチがあたります」

「……晶也？」

雅樹が驚いたように言い、それから僕の胸の中で小さく笑う。

「……こら。こんなことをされたら、誘惑されているのかと思ってしまうだろう？」

彼の腕が背中に回って、僕の身体を引き寄せる。彼の呼吸が、薄いシルクのパジャマ越しに僕の胸をあたためていることに気づき、今さらだけど鼓動が速くなる。

「……あ……っ」

乳首のすぐ近くにチュッとキスをされて、身体がフワリと熱くなる。パジャマの布地ごと胸の辺りを何度も甘噛《あまが》みされて、さらに鼓動が速くなる。

「……あ……雅樹……っ」

僕の唇から、我慢できない甘い声が漏れてしまう。雅樹はその言葉にハッとしたように動きを止め、僕の胸から顔を上げる。

「悪かった。君も寝不足で疲れているだろう？」

どこか苦しげに言って僕の身体を離して立ち上がる。

「君はもう寝なさい。俺はアトリエに行って朝まで仕事をする」

月明かりに照らされた彼の横顔がとても憔悴しているように見えて、心が激しく痛む。

「いけません。これ以上無理をしたら身体を壊してしまいます。今夜は眠ってください」

僕が言うと、雅樹は自嘲的な笑みをその唇の端に浮かべて、

「どうせ眠れない。君の睡眠の邪魔をするくらいなら、白いクロッキー帳を前に座っていたほうがよほどマシだ」

「そんな……」

彼の笑みを見た僕の心が、ズキリと痛む。それはとても疲れているように見えて……。

「あの……」

僕の唇から、かすれた声が漏れた。

「それなら……抱いてくださいって言ったらどうしますか？」

「え？」

雅樹が驚いたように目を見開く。

「僕を抱いて、そして、少しでもいいから休んで欲しい、そう言ったらどうしますか？」

彼は僕を見つめ、それから動揺したように前髪をかき上げる。

「冗談ならやめてくれ。俺は君を抱くことをずっと我慢していて、ほとんど限界なんだ。そ

んなことを言われたらタガが外れてしまう」

その言葉が本当であることを示すように彼の声は苦しげで……僕の心がズキリと痛む。

「抱いて」

僕は囁いて、彼の漆黒の瞳を真っ直ぐに見つめる。

「今夜だけでも、ぐっすり眠って欲しい。このままでは、あなたは壊れてしまいます」

僕は手を上げて、とても疲れて見える彼の顔にそっと触れる。

「僕の身体で、あなたの心を癒せたらいいのに……」

「晶也」

雅樹の手が、僕の身体を強く抱き締める。

「……あっ」

いつもとは違う激しい抱擁に、鼓動が速くなる。

「ずっと抱きたかった。だが、今抱いたら、暴走して君の身体に乱暴なことをしてしまうかもしれない。だから我慢していたのに……」

「乱暴にしてくれていいです」

僕は彼の身体にしっかりと抱きつきながら囁く。

「愛しています、雅樹」

「俺も愛している、晶也」

雅樹が囁いて僕の身体を引き寄せ、椅子に座った自分の膝の上に向かい合わせに座らせる。両脚を開いて彼のウエストを挟むような格好だ。

「これって、なんだか恥ずかし……んん……」

言葉を吸い取るようにして深く口づけられる。彼の、見た目より柔らかい唇は僕の唇を包み込み、チュッと音をたてて軽く吸い上げる。

「……んん、あぁ……っ」

思わず力の抜けてしまった歯列の間から、彼の熱い舌が滑り込んでくる。

「……ンン……ッ」

感じやすい上顎を愛撫《あいぶ》するように舐《な》められ、獰猛《どうもう》に舌を絡められて……全身にたまらない快感が走る。

「……ンク……ンン……ッ」

唇の端から、飲みきれなかった唾液《だえき》が、ツツ、と流れ落ちる。あたたかなそれが顎を濡らす感覚は、なんだかとても淫靡《いんび》で……。

「……抱きたい……」

繰り返されるキスの合間に囁かれる、雅樹の切羽詰まった言葉。

「……あ……っ」

そのセクシーな響きだけで、僕は……。

「……んん……っ」

背中に回っていた彼の右手が、滑らかなシルクのパジャマの上を滑る。左手で僕の腰を支え、彼の右手が胸の上に当てられ……。

「パジャマの布越しでもわかるくらい、尖《とが》っている」

「ンンッ！」

硬くなってしまっていた乳首をキュッと摘《つま》み上げられて、思わず腰が揺れる。

「胸が、感じる？」

囁きながら身体を引き寄せられ、彼の唇が僕の乳首に布地越しのキスをする。

「……ンンッ！」

左の乳首を指でクリクリと揉《も》み込まれ、右の乳首を舌で舐め上げる。

「……あ、あ……っ！」

彼の唾液に濡れたシルクは、すぐに透き通って、ますます淫《みだ》らな感触を伝えてくる。

「……ア、アア……ッ！」

尖った乳首をキュッと甘噛みされて、背中が反り返る。

全身を駆け巡る快感が、僕の脚の間の部分にギュウッと凝縮し……。

「……ああっ、ダメ……っ！」

乳首を弄《いじ》っていた雅樹の手が、身体の上を滑り降りたことに気づき……僕は声を上げる。

「……アアッ！」

すでに熱くなった僕の屹立《きつりつ》を、パジャマと下着の布地ごと、雅樹の大きな手が握り込んだ。

「まだパジャマを脱がされてもいないのに。キスをして、ほんの少し乳首を舐められただけで……」

「……ひ、う……っ！」

キュッと側面を扱《しご》き上げられて、僕はあまりの快感に息を呑《の》む。

「こんなに、反り返るほど硬くしてしまうなんて」

雅樹の指が形を確かめるように僕の屹立の形を辿《たど》る。

「……あ、あ……っ」

「しかも……」

雅樹の指が、僕の一番感じやすい屹立の先端を強く擦《こす》り上げる。

「……アアッ！」

「パジャマにまで先走りが滲んでいる。……なんて淫らな身体をしているんだろう？」

彼の指が刺激するたび、クチュクチュという濡れた音が響いて、僕は自分がどんなに濡れてしまっていたかにやっと気づく。

「……やめ、雅樹……あ……っ」

僕は彼の頭を抱き締め、その髪に頬を摺り寄せて懇願する。

「……あ……あ……そんなにされたら……我慢できません……っ」

「もうイキそうなのか？　こらえ性のないイケナイ子だな」

彼の手がウエストのゴムの部分から下着の中に滑り込んでくる。

「……アア……ダメ……です……っ！」

直《じか》に屹立を握り込まれ、そのまま放ってしまいそうだ。

「……雅樹……もう……動かさないで……」

僕は彼の髪に頬を摺り寄せ、かぶりを振る。

「……すぐ、出ちゃう、から……」

「乱れる君は本当に美しいな。……イッてごらん」

セクシーな低い声で囁かれ、乳首をキュッと甘噛みされる。同時に容赦なく屹立を扱き上げられる。ヌルヌルになった先端を親指で強く擦られて……。

「……アアッ！」

下着の中、彼の手のひらに向かって、僕は、ドクドク！　と欲望を放ってしまう。

「……くう、う……っ！」

あまりの快感に身体が反り返り、全身に震えが走る。先端から、蜜《みつ》の余韻がさらに溢《あふ》れる。

「すごい。放つ時の君は、見ているだけでタガが外れそうなほど色っぽい」

彼の濡れた手が、下着の中から引き抜かれる。そしてそのまま……。

「……あっ！」

彼の手が、今度は後ろ側に滑り込んでくる。ヌルヌルに濡れた手が双丘のスリットをゆっくりと往復する。

「……ああっ、ダメ……ンン……ッ！」

奥深い場所に隠されていた僕の蕾《つぼみ》を、彼の指が探し当てる。

「……雅樹……そこは……アアッ！」

僕の欲望の蜜でたっぷりと濡れた彼の指先が、僕の蕾にヌルッと滑り込んでくる。

「……あ、ダメ……待ってください……」

僕は言うけれど……どうしようもなく濡れた彼の指は、滑らかに僕の中に侵入してきてしまう。

僕の蕾は一瞬抵抗を示すけど、すぐに彼の指を包み込んでしまって……。

……ああ、恥ずかしすぎる……。

「ダメ？　本当に？」

彼がイジワルに囁いて、差し入れた指を揺らしてくる。

「……ンン……ッ！」

チュクチュクと濡れた音が響き、僕は自分の蕾がすでに蕩けてしまっているのに気づく。

「君のここはもうトロトロだ。しかも……」

内側の感じやすい部分を刺激され、僕の内壁がたまらなげに収縮してしまう。

「震えながら、キュウキュウ締め上げてくる」

いつもオトナで余裕たっぷりの彼の声が、今だけは、欲望に耐えかねたようにかすかにかすれている。

「……雅樹……」

僕はたまらなくなって彼の唇にキスをし、思わず呟いてしまう。

「……欲しい……」

雅樹は一瞬息を呑み、それから苦く笑う。

「本当にイケナイ子だ。俺は我慢の限界なんだと言ったはずなのに」

彼の手が少し乱暴に僕のパジャマと下着を摑《つか》み、そのまま腿《もも》の半ばまで引き下ろす。

「……あっ！」

むき出しになったお尻に冷たい空気を感じて、身体に震えが走る。

「腰を上げて。そう」

雅樹が僕の腰を支えてお尻を上げさせ、そして……。

「……アアッ！」

下から押し当てられたのは、とても逞しくて熱い、彼の欲望。

「……あ、あ、雅樹……っ！」

張り詰めた彼の先端が、ヌルヌルになった蕾の入り口に押し当てられる。

「……アアッ！」

蕩けてしまった僕の蕾は、彼の逞しい屹立をゆっくりと受け入れていく。

「……ああ、すご、深い……」

「まだだ。力を抜いて」

「……アアッ！」

自分の体重がかかり、途中で引き返すことができない。僕は信じられないほど深い場所まで彼を受け入れてしまい……。

「……雅樹……どうしよう、僕……」

僕の唇から、震える声が漏れた。

「どうした？」

「……深くて、もう、イキそう……」

「本当に感じやすいんだから。まだ少しも動いていないだろう？」

彼は僕の腰を支え、グッと強く突き上げてくる。

「……ひ、う……っ！」

とても深い場所を刺激され、あまりの快感に僕は泣きそうになる。

さらに、グッ、グッと突き上げられて、僕の屹立がさらに反り返ってしまう。

「……雅樹……そんなにしたら、壊れ……アアッ！」

ふいに彼の動きが止まり、僕は呆然とする。

「君から誘ったんだよ。……動いて」

雅樹は僕の腰を両手で支えながら、イジワルな口調で言う。

「でないとずっとこのままだよ？」

その言葉だけで、僕の屹立の先端から切ない涙のような蜜が溢れる。

「……ア……でも……」

「口答えは許さない。それに……」

僕の肌の上を滑った彼の指が、僕の先端に触れてくる。

「……アッ！」

蜜でトロトロになった屹立の先端のスリットを、彼の美しい指先が、クリクリと刺激する。

「……くぅ……ダメ……っ！」

一番感じやすい部分をそんなふうに刺激され、僕の腰が思わず揺れてしまう。

「……ひ、う……っ！」

彼を銜《くわ》え込んだ蕾、そして彼の先端が当たっている深い部分が刺激されて、全身に怖いほどの快感が走る。

「……アア……ッ！」

弾《はじ》けそうな僕の屹立が、ビクン、と大きく揺れて蜜を振り零《こぼ》す。

「……あぁ、雅樹……っ！」

彼を深い場所まで受け入れた蕾が、彼の存在を確かめるかのようにキュウンッと収縮する。

「……っ」

雅樹が小さく息を呑み、それから苦笑交じりの声で、

「……今夜の君は本当にすごい。どうしてそんなふうに締め上げてくるのか、言ってごらん？」

「……ひうっ……！」

うながすように下からまたグッと突き上げられて、僕は声も出せずに身体を仰《の》け反《ぞ》らせる。

「こんなに乳首を尖らせて……」

雅樹は囁いて、僕の乳首をそっと舌で舐め上げる。

「……あ、ああ……っ！」

「しかもこんなに硬くしている」

彼の指が、反り返って蜜を垂らす屹立を握り込み、キュッと扱き上げる。

「……ああっ！」

容赦なく与えられる快感に、僕の腰が、ヒク！　と動いてしまう。

「……あっ！」

恥ずかしさに真っ赤になる僕に、

「上手だ。俺も協力する。だから君も動いて」

囁いて、彼がうながすように激しく突き上げてくる。

「……アアッ！」

だんだん激しくなる突き上げに合わせ、僕の身体が勝手に快感をむさぼってしまい……。

「……恥ずかし……こんな……アアッ！」

「恥ずかしくない。君はとても綺麗《きれい》だ。このまま我慢できなくなりそうだ」

「我慢……しないで……」

僕の唇から、かすれた声が漏れた。

「……もっと、欲しい……」

「晶也、イケナイ子だ」

僕の身体が、強く引き寄せられる。そのまま目眩《めまい》がするほど獰猛に突き上げられて、僕の身体はあまりの快楽に蕩け……。

「……イッちゃう、雅樹……！」

「……イッていい。君がすごすぎて、俺ももう限界だ……」

彼が囁いて、蜜を振りこぼす僕の屹立を捕まえる。

「……ア……ア……ッ！」

「愛している、晶也……」

熱く囁きながら、クチュクチュと音を立てて扱き上げられ、同時に激しく貫かれて……。

「……ああ、雅樹……愛してる……！」

僕の先端から、ビュクッ、ビュクッ！　と激しく白い蜜がほとばしった。

「……くう、うう……んっ！」

あまりの快感に、僕の内壁が彼の屹立をキュウッと締め上げる。

「……っ」

彼が一瞬息を呑み、そしてさらに激しく僕に欲望を突き入れて……。

「……ああ、雅樹……」

身体のとても奥深い場所にたっぷりと撃ち込まれる彼の熱い欲望を、僕は気が遠くなりそうな幸せを感じながらしっかりと受け止めたんだ。

二人の呼吸が整った頃、彼が僕の身体をしっかりと抱き締めながら囁いた。

「ずっとずっと眠れなかった。だが、今夜だけは深く眠れそうだ。君のおかげだな」

「……雅樹……」

僕は彼の髪にそっと頬を摺り寄せて、少し泣きそうになる。

……ああ、ほんの少しでも彼の役に立てて、本当によかった。

雅樹は僕を抱き締めて死んだように眠り、そして早朝に起きてアトリエに戻った。そしてほんの数時間で、見とれるほど素晴らしいティアラのデザインラフを描き上げてしまった。

小さめの可愛らしい王冠には、金色の繊細な植物の蔓《つる》が絡みついている。粒金の技術を駆使し、刺繍《ししゅう》という意味のカンティーユと、さらにピアーストと呼ばれる金のレースワークを同時に駆使して作られた、フワリと立体感のある葉、そしてその間に咲き乱れるのは美しい桃色珊瑚の花々。

アンティークの繊細なデザインを愛し、愛する人との結婚の日のために可憐《かれん》なデザインのドレスを選んだ王女様にぴったりだと思う。

「……本当に素敵です……」

このところ無理をしていたせいか、少しだけ削《そ》げたように見える頬。

創作している時の熱をまだ残しているかのような、どこか陶然としたその視線。

朝の光に照らされた彼は、なんだかすごくセクシーに見えて……不謹慎な僕の心臓がトクンと高鳴ってしまう。

「……なんて美しいんだろう……」

僕の言葉に、雅樹は嬉しそうに微笑んでくれる。

「君にそう言ってもらえるのが、一番嬉しいよ」

その言葉に、僕の鼓動がますます速くなる。

「どうしよう、ドキドキします。あのチョーカーとこのティアラを着けて結婚式に出る王女様はどんなに素敵でしょう」

彼は部屋を横切って僕に歩み寄り、指先で僕の顎を持ち上げる。

「……これが描けたのは、君のおかげだ」

間近に見つめてくる漆黒の瞳、真っ直ぐに見つめられて、鼓動が速くなる。

「……愛している、晶也」

彼の端整な顔に、見るだけで蕩けてしまいそうな優しい笑みが浮かんだ。

彼の唇が、そっと僕の唇に重なってくる。

甘い甘いキスを受けながら、僕は、不思議な充足感に満たされていた。

……雅樹が笑ってくれることが、こんなに嬉しいなんて。

僕は雅樹が描き上げたデザインラフを見つめ……そして心が熱くなるのを感じる。

……あのティアラを、女王様は絶対に気に入る。そんな気がするんだ。

◆

朝のミーティングが終わってすぐ。雅樹はムーンシュタイナーさんと、そしてなぜか僕のことを小会議室に呼び出した。そして今朝描き上がったばかりのあのデザインラフを、ミーティングテーブルの上に置いた。

「……これは……」

ムーンシュタイナーさんは一目見るなり顔色を変える。そして、なんだか打ちのめされたような顔でため息をつく。

「……やはりあなたは別格だ、ミスター・クロカワ。素晴らしいです」

初めて聞く彼の素直な言葉に、僕は驚いてしまう。

「このティアラは、本当に美しい」

感動の滲んだ声でいい、それから彼は、何かがふっきれたような顔で笑う。

「私は、ずっとガヴァエッリ・ジョイエッロのデザインに憧《あこが》れてきました。そして外国人である私を入社させてくれたマジオ・ガヴァエッリ副社長に忠実であろうとしてきました」

彼は目の前のデザイン画に視線を落として、ため息をつく。

「しかし……考えてみれば、マジオ・ガヴァエッリ副社長の後押しなしではデザイナー室に入れなかった私は、最初から実力不足だったのです」

彼の言葉が、僕の心を強く痛ませる。デザイナーにとって、自分の実力がどの程度なのかというのは、常に探り続けている課題だから。

「君のような人を派遣してくるなど、マジオ・ガヴァエッリにしては親切すぎる。……何かを命令されてきたのか？」

雅樹の言葉に、ムーンシュタイナーさんは雅樹から目をそらして苦しげに眉を寄せる。それから、覚悟を決めたように顔を上げて雅樹を見つめる。

「今頃、イタリア本社のデザイナー室では、あなたのチョーカーと揃いになるティアラとバングルのデザイン画が仕上がっているはずです」

彼の口から出た言葉に、僕は耳を疑った。

……本社のデザイナーも、同時にデザイン画を描いていた？　まさか、そんなこと……。

雅樹は信じられない、とでも言いたげな顔で、

「それは……どういうことだ？」

いつも冷静な彼の声が、わずかにかすれている。ムーンシュタイナーさんは、

「それを手がけているのは、最古参のデザイナー二人です。マジオ・ガヴァエッリ副社長は最初からあなたと私のデザインを採用するつもりはなかったんですよ」

僕の脳裏に、真剣な顔でデザイン画を描き続けている雅樹の横顔がよぎる。

雅樹はデザインを生み出すことの苦しみと戦い、自分を削りながら素晴らしいデザインをこの世に送り出そうとして……。

「……そんな……」

僕の唇から、震える声が漏れてしまう。

「……そんなの、ひどすぎる……」

ムーンシュタイナーさんは僕を見つめ、さらに苦しげな顔になって言う。

「マジオ・ガヴァエッリ副社長は、ミスター・クロカワのチョーカーを取り上げ、さらに王族の顧客、そして王室の結婚式に使われたという名誉も手に入れる。それがあの人のやり方です」

「じゃあ、あなたは最初から自分のバングルが採用されないことを知っていたんですか？」

「そうだよ。私はただの時間稼ぎと妨害をするために日本に送られてきただけなんだ」

その言葉に、僕は愕然とする。そして怒りが湧き上がって……。

「あなたは悔しくないんですか？」

僕は思わず叫んでしまう。

「たしかに初めはちょっと怖いと思いましたけど……日本支社デザイナー室のメンバーは、あなたの素晴らしい才能を認めています！　さすがイタリア本社に入社した人だって！　あなたはそんなふうに捨て石にされるような人じゃない！」

僕の言葉に、彼は驚いた顔をする。それから悲しげに笑って、

「ありがとう。本社に入社してからずっと蔑《さげす》まれてきた私には、信じられないような嬉しい言葉だよ」

彼は顔を上げ、雅樹を見上げる。

「このデザイン画を持って大路珊瑚の社長のところに行きましょう。私は彼に事情を話し、謝ります。それから……」

ムーンシュタイナーさんは、僕を見つめて言う。

「私には、マサキ・クロカワと並べるほどの実力はない。バングルは……私ではなくて君が担当するべきだ」

その言葉に、僕は驚いてしまう。

「僕が……ですか？」

「君は密《ひそ》かにラフを描いていただろう？　申し訳ないが、デスクの上に置きっぱなしになっていたクロッキー帳を見せてもらった。そして……敵《かな》わないと思ったんだ」

あまりにも意外なムーンシュタイナーさんの言葉に、僕は呆然とする。

……彼みたいに優秀なデザイナーが、僕を認めてくれた……？　でも……。

「そんな……僕にはまだ、そんな実力は……」

「晶也」

僕の言葉を、雅樹の声が遮った。

「俺からも頼みたい。君しかいないんだ。……描いてくれるね？」

真剣な彼の言葉に、胸が熱くなる。

「光栄です。僕でよければ、ぜひ描かせてください」

雅樹は深くうなずき、それからムーンシュタイナーさんを振り向いて、

「君はこれからどうする気だ？　マジオに逆らったらガヴァエッリ本社にいることは難しくなる。なんならアントニオに交渉して日本支社に……」

「いいえ」

彼はかぶりを振って言う。

「今度のことで、自分がどんなに思い上がっていたかに気づきました。ドイツに帰って小さな工房にでも入り、一から修業をやりなおします」

そう言って、彼は晴れ晴れと笑ったんだ。

MASAKI　10

「仕事の合間に描いた、本当に落書きみたいなものなので、恥ずかしいんですが」

晶也は言いながら、クロッキー帳を俺に差し出す。

「っていうか、仕事をサボってこんなものを描くなって、あなたに叱《しか》られそうですね」

俺は彼のクロッキー帳を受け取り、最初のページを開いて……。

「……すごい……」

呟いて、そのまま息をすることも忘れて画面に見とれる。

クロッキー帳の画面いっぱいに、たくさんの桃色珊瑚の花が咲き乱れていた。美しい形で手首に巻きつく金の蔓、立体感のある金の葉、そして完璧なバランスで咲く桃色珊瑚。

それは鉛筆を使ってすばやい筆致で描かれた、文字通り本当にラフなものだった。だが、晶也の素晴らしい表現力のせいでそれはとても生き生きとして、今にも立体化して、キラキラと輝きそうだった。

「すごい……これも……これも」

俺は感嘆のため息をつきながら次々にページをめくり……。

「……あ……」

俺の目が、ある一つのバングルに釘付けになる。

「……これは……」

俺が言うと、晶也は恥ずかしそうに、

「それは僕も一番気に入ってるんです。葉っぱを多めにして、甘さよりもシックな感じを狙《ねら》ってみたんですが」

「俺が描いたティアラと、とてもバランスがいい」

俺は彼のラフスケッチに見とれながら言う。それから晶也の顔を見つめて、

「これを……デザイン画として清書して欲しい。何日かかる？」

晶也は頬を引き締め、俺をまっすぐに見つめ返す。

「一日で。あなたの出発までに必ず間に合わせます」

彼の瞳は、その誇り高さを表すように、強く、そして美しく煌《きら》めいた。

AKIYA　10

「社長であるパオロ・ガヴァエッツリは頭が固いだけだが、もう一人の副社長、マジオ・ガヴァエッツリは一筋縄ではいかない最悪の男だ」

細い紙巻タバコをふかしながら、ガヴァエッツリ・チーフが吐き捨てるように言う。いつもシニカルな姿勢を崩さない彼がここまで不快感を露わにするのなんか、初めて見た。僕は椅子に小さくなったまま、ますます怯えてしまう。

「マジオ・ガヴァエッツリに会うのが嫌な気持ちは、もちろん俺にも痛いほどわかります」

雅樹は言って、心配そうに僕を見る。

「大丈夫か、晶也？　あの男はとても不愉快な人間だ。君を会わせるのは、気が進まない」

「だ、大丈夫です」

僕はありったけの気力を振り絞って笑ってみせる。

「こ、怖くありませんから」

「ゲームで例えれば、マジオは最凶のラスボスだ。覚悟しておいた方がいいぞ、アキヤ」

ガヴァエッツリ・チーフが僕をからかうけど……僕の笑みはますます引きつるばかりだ。

西大路氏がガヴァエッツリ・チーフを見つめ、冷静な声で、

「イタリアの方は家族を大切にするというイメージでしたが、私の思い違いでしたか？　マジオ氏はあなたの実の兄上ですよね？」

「たいていのイタリア人は家族をとても大切にします。しかし相手が最悪の性格な場合は別ですよ」

ガヴァエッツリ・チーフは、マジオ・ガヴァエッツリ副社長の顔を思い出しているのか不愉快そうに眉をひそめながら言う。西大路さんは、

「それならあなたの前でマジオ氏の悪口を言ってもいいというわけですか？　今まで遠慮していたのですが」

「遠慮なくどうぞ」

ガヴァエッツリ・チーフの言葉に、西大路さんは唇に微かな笑みを浮かべて言う。

「あなたや黒川氏、それにムーンシュタイナー氏のことはもちろんですが……今回のことで、純粋で才能に溢れる篠原くんまでが苦しめられた。それが一番許せません。私はあなたの兄上がとても嫌いですよ」

その笑みは妙に迫力があり、その口調は地の底から響いてくるように低かった。ガヴァエッツリ・チーフが、この男は只者《ただもの》ではないな、という顔で眉を上げ、それから唇の端に笑みを

浮かべる。

「あなたとは、とても気が合いそうですよ」

西大路さんは彼に微笑み返してから、ふいに雅樹を振り返る。

「ところで……言い忘れていましたが、私は英語と中国語、韓国語ならできるのですが、イタリア語ができません。秘書に通訳を頼むことはできますか？」

「イタリア至上主義のこの本社に、日本語のできる秘書は一人もいません。通訳なら俺が」

西大路さんはうなずいて、安心したように笑う。

「よろしくお願いします」

僕たちがいるのは、ガヴァエッリ・ジョイエッロ・ローマ本社にある大会議室。

イタリア産の最高級の大理石が張られた床。艶のあるチーク材を使ったミーティングテーブル。天窓のある高い高い天井からは太い金色の鎖で巨大なシャンデリアが下げられている。暗いワイン色の絹が張られた壁には、重厚な金色の額がずらりと並んでかけられ、その一つ一つに飾られているのは、どうやらガヴァエッリ・ジョイエッロの代々の社長の肖像画らしい。美形の多いガヴァエッリ一族らしく端整な容姿の人が多いけど、なんだかずっとこっちを見られているみたいで……すごく落ち着かない。

「ここは、社長や副社長が出席する会議の時だけに使われる場所で、ほとんどの社員が足を踏み入れたことがないって聞きました。……すごい会議室ですね」

僕がなんとか気を紛らわせようとして言うと、雅樹が眉を顰《ひそ》める。

「ああ……俺はイタリア本社のデザイナー室にいる頃にアントニオのサブチーフを務めていたから、よくここでの会議に出席したけれどね。イタリア至上主義に凝り固まった一族の人間との会議は毎回紛糾したし、ここには面倒な思い出ばかりだ。もちろん一番面倒な相手があのマジオ・ガヴァエッリだったけれど」

雅樹は何かを思い出すような顔をして、言葉を続ける。

「イタリア至上主義の権化のようなマジオ・ガヴァエッリにとって、極東から来た俺はとても忌々しい存在だったに違いない。そのうえ会議であの男が俺に勝てたことはなく……きっとそのことでさらに東洋人への怒りと偏見を強めただろうな」

彼の横顔は、戦いに挑む寸前の騎士のように厳しく引き締まり、とても凛々《りり》しく見えた。

「だが、宝石を資産価値でしか測れない、金の亡者のようなあの男に屈することだけは、デザイナーとして絶対にできなかった。今回も負けるわけにはいかない」

雅樹は僕に視線を移し、その漆黒の瞳で真っ直ぐに見つめてくれる。

「日本支社《しんし》デザイナー室のためにも、そして……君にふさわしいデザイナーであるためにも」

その真摯な視線に、僕の心が熱くなる。

「……黒川チーフ……」

コンコン！

ノックの音が響き、僕と雅樹はドアに視線を移す。

両開きの巨大なドアが、外側に大きく開いた。

「遅くなって失礼した」

最初に入ってきたのはガヴァエッリ・チーフのお父さんであり、このガヴァエッリ・ジョイエッロの社長であるパオロ・ガヴァエッリ氏。そしてこの会社の取締役らしき面々が続く。ガヴァエッリ・ジョイエッロは、いかにもイタリアらしい閉鎖的な親族経営の会社。だから彼らはみなガヴァエッリ・チーフと同じガヴァエッリ一族の人々だろう。

……この重厚な会議室によく似合う、なんだか恐ろしいほどのオーラだ……。

……でも……。

僕は、入ってくる彼らの顔を見ながら思う。

……マジオ・ガヴァエッリ副社長は、どの人なんだろう……？

マジオ・ガヴァエッリ副社長は謎の多い人で、自分の写真を社内報にすら載せたことがない。だから同じ会社の社員なのに、僕らひらデザイナーは彼の顔をまったく知らないんだ。

……だけど、ガヴァエッリ・チーフのお兄さんなら、年齢が近いはずだし……？

部屋に入ってくる男性たちはすべて五十代から六十代くらい。ガヴァエッリ・チーフのお兄さんに相応しい年齢の人が、一人もいない。そして、結局それらしき人が一人もいないまま、厳《いか》つい顔の取締役たちの列が終わる。そしてその最後に、見たことのある男性が二人、続いてくる。

……あの二人は、社内報の写真で見たことがある……。

一人はディ・カルロ氏。日本支社に出向しているガヴァエッリ・チーフの代わりにイタリア本社デザイナー室のすべてを仕切っているチーフデザイナー。年齢はたしか今年で六十八歳。代々ガヴァエッリ・ジョイエッロの宝石デザイナーをしてきた一族の一員で、宝石デザイン界の重鎮でもある。銀色に近い白髪、いかにも芸術家といったイメージの矍鑠《かくしゃく》とした紳士だ。

そして彼に続いて入ってきたのがミッソーニ氏。日本支社に来てしまった雅樹の代わりにサブチーフを務めているはず。年齢はたしか五十七歳。恰幅《かっぷく》のいい身体をダブルのスーツに包んだいかにも一筋縄ではいかなそうな頑固な顔をした男性だ。彼も代々ガヴァエッリ・ジョイエッロのデザイナーを務めた一族の一員のはずだ。

ディ・カルロ氏とミッソーニ氏は、それぞれが大判のカルトンを抱えている。ガヴァエッリ・ジョイエッロの紋章が金色で描かれたそれには、きっと彼らが描いたティアラとバングルのデザイン画が入っているんだろう。

僕は椅子の脇に置いた自分のデザインケースの中身を思い出し、思わず唾を飲み込む。

……あのデザイン画は、今の自分のできる最高の作品に仕上げたつもりだ。でも……。

握りしめた手に汗が滲み、心の中には黒雲のような不安が広がってくる。

……駆け出しデザイナーである僕のレベルなんか、最初から通用しないんじゃ……？

全員が席に着くのを見て、ガヴァエッリ・チーフが厳しい顔で、

「もう一人の副社長、マジオ・ガヴァエッリはどうしました？　遅刻ですか？」

父親であるパオロ・ガヴァエッリ社長に向かって言う。彼は驚いた顔をして、

「ああ、そうそう、言っていなかったかな？」

それからにっこりと笑って言う。

「会えなくて残念だろうが……マジオは休暇中だ。君たちの助けになるだろうと思ったムーンシュタイナーが自主退社してしまったことに責任を感じていたよ。『役に立てなくてすまなかった』とアントニオに伝えてくれ、と言っていた」

……うわ、欠席か……。

今にもマジオ・ガヴァエッリ副社長らしき人が入って来るんじゃないかと拳《こぶし》を握りしめて緊張していた僕は、椅子から滑り落ちそうなほどに安堵《あんど》する。

……ラスボスとの対面は、とりあえず延期……なのかな……？

取締役たちの間から、マジオは親切な子だ、弟のためにそこまでするとは、という囁きが聞こえてくる。

……え……？

思わずガヴァエッリ・チーフの顔を見上げると、彼の横顔にはとても不愉快そうな表情が

浮かんでいる。隣の雅樹を振り向くと、彼は真っ直ぐに前を見たまま日本語で呟く。

「……あのプライドの高いマジオが、負ける可能性のある戦に出てくるわけがなかった」

その口調に籠もっていた怒りの感情に、僕は驚いてしまう。雅樹は僕の方を振り返り、

「ともかく……君をあの男に会わせなくてすんで、ホッとしたよ」

そう言うけれど、彼の口調は少しも安堵していなかった。

……僕らが戦うべきなのは、マジオ・ガヴァエッツリ副社長だけじゃないってことか……。

僕は思い、椅子に座り直して気を引き締める。

「久しぶりに兄上に会えなくて、とても残念ですよ」

ガヴァエッツリ・チーフは怒りと皮肉を籠めた声で言い、立ち上がる。

「お忙しい中お集まりいただき、ありがとうございます」

社長会議の定例らしい挨拶《あいさつ》を述べ、父親である社長と年上の取締役たちを見渡す。それから、

「まずご紹介させてください。今回の会議には、半貴石と珊瑚の卸会社、そしてご自身も宝石のコレクターとしても有名な『オオジ・サンゴ』のニシオオジ社長にも同行していただきました」

ガヴァエッツリ・チーフの言葉に、取締役たちはざわめく。二人のデザイナーはまるで彫像みたいに表情を少しも変えない。そしてパオロ・ガヴァエッツリ社長は可笑《おか》しそうに笑う。

「関係者を同席させたいという希望は秘書を通じて聞いている。おまえのことだから、普通のゲストではないと思っていた。……ようこそ、シニョール・ニシオオジ。あなたがマニア垂涎《すいぜん》のコレクションをお持ちであることは、イタリアの宝飾品業界でもたびたび話題になっております。特にオリエンタルな素材……珊瑚やパールは本当に素晴らしいと聞いています」

雅樹が日本語に通訳すると、西大路さんは臆《おく》することなく微笑む。

「ガヴァエッリ・ジョイエッロの社長にそのように言っていただけて光栄です。我が西大路一族の人間たちだけでなく、誇り高き西大路家の先祖たちも心から喜ぶことでしょう」

雅樹は、彼の話す日本語を、イタリア語に通訳していく。

「この間のコンテストで黒川氏が使った桃色珊瑚は、我が一族のコレクションの中で最も貴重なものでした。彼のデザインが最高だったからこそ、特別におわけしたものです」

西大路さんは言って、ディ・カルロ氏とミッソーニ氏を見据える。

「提出されたデザイン画が最高の物でないのなら、私は珊瑚をお売りすることはできません」

雅樹が通訳すると、取締役たちの間に動揺したようなざわめきが広がる。

「珊瑚が手に入らなかったら、ティアラの提供ができなくなるじゃないか」

「コレクターとは言いながら、コレクションだけでなく石を売り払っているんだろう？　しょせん卸業者と同じじゃないのか？」

「なんという尊大な態度をとる東洋人なんだ」

イタリア語がまだまだ不得手の僕でも、取締役たちの怒りに満ちたざわめきは一応聞き取ることができた。

……なんだか……雅樹やガヴァエッリ・チーフが日本支社にわざわざ異動してきた理由がよく解るかも……。

僕は、膝の上で両手の拳を握りしめながら思う。

……この毒気に常にさらされていたら、創作意欲すらも削がれそうだ。

雅樹が、それも訳しましょうか、という顔で睨むと、取締役たちは怯えたように黙る。

「なるほど、さすが世界に名前の知られたコレクター、シニョール・ニシオオジだ」

パオロ・ガヴァエッリ社長が楽しげに言い、満足げにうなずく。

「宝石を愛するものとして、もちろんあなたのお気持ちはよくわかります。あなたに納得していただけるデザインでない限り、珊瑚を提供していただくことはあきらめましょう」

取締役たちの間から、彼は日本支社側の人間じゃないか、不公平だ、という声が飛ぶ。

「どちら側の人間であれ、彼に珊瑚を売ることを強制することはできない」

パオロ・ガヴァエッリ社長は鋭い声で言い、取締役たちの野次を遮る。それから丁寧な口調に戻って言う。

「私はあなたの公平さと審美眼を信じますよ、シニョール・ニシオオジ」

「そうしていただけると助かります」

二人の会話が終わったのを見計らって、ガヴァエッリ・チーフがまた口を開く。

「マサキ・クロカワはよくご存じでしょうから紹介は省略します。……そして彼が、日本支社宝石デザイナー室のアキヤ・シノハラ。とんでもない才能を持つ若手デザイナーです」

……しかし、有名なコレクターの西大路さんですらあんな言い方をされるんだから、僕みたいな若造なんか、なんて思われているか……。

「晶也」

隣から囁かれた雅樹の言葉に、僕はやっと我に返る。

「……はい、なんでしょうか？」

「アントニオが、君を紹介したいようだよ」

「……え？」

顔を上げると、会議室にいるすべての人の注目が、僕に集まっていた。

「えっ？」

あまりのことに、僕は真っ青になる。ガヴァエッリ・チーフが笑いをこらえるような声で、

「アキヤ、君を、とんでもない才能のあるデザイナー、と紹介させてもらった」

「ええっ？　いえ、僕に才能なんか全然……っ」

あまりのことに僕は動揺し……そして会議室の中が、さっきまでとは打って変わった沈黙に包まれていることに気づく。

「……あ……」

特に本社デザイナー室のベテランデザイナー二人は、激しい感情を込めた目で僕を見つめていた。それは、全身からスウッと血の気が引くような……。

動揺していた僕は、その視線だけで一瞬で我に返る。慌てて深呼吸をして、

「失礼しました。少し緊張してしまって」

慌てて立ち上がり、イタリア語で言う。

「日本支社デザイナー室のアキヤ・シノハラです。まだまだ駆け出しですが、よろしくお願いいたします」

居並ぶ面々に向かって、深く頭を下げる。

……僕みたいな若造、まともに相手をする価値もない、よね……。

「久しぶりだな、シノハラくん。ケイゴ・クロカワの結婚式以来かな」

ケイゴ・クロカワというのは雅樹のお父さんである、有名建築家の黒川圭吾《けいご》さんのこと。圭吾さんと彼の奥さんになったしのぶさんは、パオロ・ガヴァエッリ社長ご夫妻と友人だったらしい。そのせいで、僕は圭吾さんの結婚式の時にパオロ・ガヴァエッリ社長と会ったんだよね。

僕は姿勢を正して、彼の方に向き直る。

「あの時はお世話になりました。ご無沙汰《ぶさた》しております」

「イタリア語がとても上手になったな。それにあの頃より少しオトナになったように見える」

彼はにこやかに言うけれど、瞳の奥には真意の解らない激しい炎のようなものが見える。

……さすが、大富豪ガヴァエッリ一族の長であり、ガヴァエッリ・ジョイエッロの社長って感じ。圧倒されるようなオーラだ。

「ありがとうございます」

僕はもう一度お辞儀をし、自分に集中している取締役たちの鋭い視線を感じながら、椅子に座る。なんだか、ここにいるだけで肌が粟立《あわだ》つような迫力だ。

……こんな場所で何年もの間彼らと対等に渡り合い、仕事をこなしてきた雅樹って、本当にすごい……！

パオロ・ガヴァエッリ社長が、一同を見渡し、にこやかに言う。

「私は数日前に初めて知ったのだが……日本支社だけでなく、イタリア本社のデザイナーたちもロイヤル・ウエディング用のティアラとバングルのデザイン画を描いていたらしいね。それだけ今回の仕事の重要性を理解してくれていると言うことだろう。デザイナー諸君には感謝する」

雅樹がマジオ・ガヴァエッリ副社長に言われたのは『負けたら日本支社を撤廃させる』という脅迫めいた言葉、そしてムーンシュタイナーさんは捨駒《すてごま》のように使われた。なのに……。

マジオ・ガヴァエッリ副社長は、そんなことをしておきながらもパオロ・ガヴァエッリ社長と取締役たちの反感を買わないように計算し、自分の立場が悪くならないようにうまく立ち回っているその狡猾で卑怯なやり方に……僕はこの時初めて、畏怖《いふ》ではなく純粋な怒りを覚えた。

「ともかく、両方のデザイン画を見て、優れた方に決めるしかない」

パオロ・ガヴァエッツリ社長が、会議室を見渡しながら言う。

「……まずはイタリア本社デザイナー室の方から、デザイン画を見せてもらえるかな？」

ディ・カルロ氏とミッソーニ氏が、揃ってカルトンを持って立ち上がる。パオロ・ガヴァエッツリ社長の前でカルトンを開き、それぞれのデザイン画をミーティングデスクの上に置く。

「ほお」

パオロ・ガヴァエッツリ社長は二枚のデザイン画を見下ろして、目を輝かせる。

「なかなか素晴らしいな。これならマサキ・クロカワのあのチョーカーともマッチするし、なによりガヴァエッツリ・ジョイエッロの歴史に残る作品としても恥ずかしくない出来だ」

彼は目を上げて、僕と雅樹、それにガヴァエッツリ・チーフの顔を見る。

「君たちのデザイン画も、ここへ」

彼の言葉に、僕は慌ててカルトンを手に取り、椅子から立ち上がる。

……ガヴァエッツリ・ジョイエッロのイタリア本社デザイナー室のチーフと、そしてサブチーフの作品だ。素晴らしくないわけがない。

僕は思い、不安に胸が潰《つぶ》れそうになる。

……雅樹はともかく、この僕が彼らに対抗しようなんてあまりにも無謀すぎたんじゃないだろうか？

思っただけで、全身から血の気が引く。

……雅樹の描いたティアラは本当に素晴らしかった。あれならきっと相手がどんなに偉い人でも絶対に負けないと思う。だけど、僕の描いたバングルは……？

たとえ雅樹の描いたティアラのデザイン画が採用されたとしても、僕のバングルが採用されなかったら、きっとマジオ・ガヴァエッリ副社長は日本支社の責任を追及してくるはず。

……そんなことになったら、僕たちのデザイナー室は……？

思わずその場に立ちすくんでしまう僕の腕を、雅樹の手がそっと摑んだ。

「……晶也」

彼の静かな声に、後ろ向きな思考に陥りそうになっていた僕は、ハッと我に返る。

「……は……はい……」

答えた声は情けなくかすれて、微かに震えてしまっている。

「俺たちの作品が負けるわけがない。何があっても、だ」

雅樹は僕の目を真っ直ぐに見つめ、僕を力づけるようにそっと囁く。

「君を信じて仕事を任せた、俺のセンスを信じてくれ」

彼の言葉が、僕の心にジワリとしみてくる。

「はい」

僕は答え、歩き出した雅樹の後について、社長の前に出る。そして思い切ってデスクの上のデザイン画に目を落とし……。

「……すごい……」

僕の唇から、思わず感嘆の言葉が漏れた。

そこにあった二枚のデザイン画は、思わず見とれてしまいそうなほど美しかった。

いかにもガヴァエッリ・ジョイエッロの伝統を正しく受け継いだ、というイメージの重厚なティアラとバングルは、王族がその結婚式に着けるものとしてはこれ以上ないほどふさわしいだろう。流麗なラインは、雅樹のデザインしたあのチョーカーとも違和感なくマッチしている。

「とても美しいです。ロイヤル・ウエディングにふさわしく、威厳に満ちていますね。こんな素晴らしいデザイン画が描けるなんて、本当に尊敬してしまいます」

僕の感嘆の言葉に、パオロ・ガヴァエッリ社長が小さく噴き出す。

「イタリア本社の彼らは、普段は君の大先輩だろうが……今はいちおう敵同士なんだよ？」

「……あ……」

デザイン画に見とれていた僕は、思わず赤くなる。

「し……失礼しました」

「それなら、マサキとアキヤ、二人のデザイン画を、ここに」

パオロ・ガヴァエッツリ社長の言葉に、僕は、いよいよだ、と思って唾《つば》を飲み込む。

僕は自分の持ってきたカルトンを開き、そこからバングルのデザイン画を取り出す。そして社長の方に向けて、ミーティングテーブルの上に置く。

「……おお……美しいな……」

いつの間にかミーティングテーブルを取り囲んでいた取締役たちの中から、驚いたような声が上がる。彼らは僕のデザイン画を食い入るように見つめ、少し離れた場所に並んでいるイタリア本社デザイナー室の二人が描いたデザイン画と見比べている。さっきまで野次馬のようだった彼らの視線は、今は本当に真剣だった。

「ティアラはどうしたんだ？」

取締役の一人が言って、雅樹を見る。

雅樹は自分のカルトンを開き、何か感慨深げな顔で、中に挟んであるデザイン画を見つめる。そしてそれを取り出し、社長の方に向けてふわりと置く。

「……あ……」

パオロ・ガヴァエッツリ社長は、雅樹のデザイン画を見て、小さく声を上げる。そしてそのまま魅せられたように雅樹のデザイン画を注視する。

「……すごいな……カンティーユを使おうというのか？」

彼の声は驚きにかすれていた。

「結婚式まであと一カ月だ。さらに、カンティーユはあまりにも手間がかかるために、現在では完璧に再現する職人はほとんどゼロに等しい。……それでもやるのか？」

「金細工で栄えたあの国のロイヤル・ウエディングです。これ以上ふさわしいデザインはないと思います」

雅樹の言葉に、取締役の一人が怒りを抑えるような声で言う。

「たった一カ月で、これほど凝ったつくりのカンティーユを作れる職人など、どこにもいない。たしかに美しいが……こんなデザイン画を描くのはあまりにも非現実的だ」

そうだそうだ、という声が上がり、会議室は一瞬で騒然となる。

「カンティーユを使ってティアラを作れる職人なら、います」

雅樹の声が、会議室に凜《りん》と響く。

「人間国宝の金細工師、喜多川誠堂《きたがわせいどう》の孫……喜多川御堂《みどう》になら可能です」

「……えっ？」

僕は、驚きのあまり声を上げてしまう。それから慌てて声をひそませて、

「……御堂さんが、そう言ったんですか？」

「そんな暇はなかった」

雅樹はあっさり言い、それから僕をどこかイタズラっぽい目で見下ろしてくる。

「この間、韓国酒に酔った彼が『おれは超一流の職人だ、アンティークジュエリーで使われていた技法くらい、いくらでも再現できる』と言っていた。言ったからにはやるだろう」

「……本当ですか？」

「彼にならできるよ。心配しなくていい」

雅樹は確信に満ちた声で言い、僕はちょっとだけホッとする。

「シニョール・ニシオオジ」

パオロ・ガヴァエッリ社長が、僕の横で黙ってデザイン画を注視していた西大路さんを振り返って言う。

「それで、あなたのご意見は？　もしもあなたの一族が秘蔵する珊瑚にふさわしくないというデザイン画があれば、それはこの場で候補から外さなくてはいけない」

その言葉に、僕の心臓がドクンと跳ね上がる。

……そうだ。このデザイン画は出発のギリギリまで描いていたものだから、まだ西大路さんに見せていない。

……この場で『あの珊瑚にはふさわしくありません』と言われてしまうかもしれない……。

西大路さんは秀麗な眉を寄せ、四枚のデザイン画をじっくりと見ていく。それから、

「どれも素晴らしい。西大路一族の珊瑚をセットするにふさわしい、優れたデザインばかり

です」

彼のその言葉に、僕はホッとため息をつく。

……なんとか第一関門突破だろうか？

「ただ、一度に四つもの作品に珊瑚を提供するのはお断りします。どちらか勝った方のデザイン二点にのみ、わが一族の珊瑚をセットしていただきます」

その言葉に、イタリア本社のデザイナー二人は頬を引きつらせている。彼らも、雅樹のあのチョーカーにセットされた桃色珊瑚の、蕩けるような美しさの虜《とりこ》になったのだろう。

「どちらも素晴らしいデザインだ。私には決めかねる」

パオロ・ガヴァエッツリ社長が顔を上げ、雅樹の隣でデザイン画を見下ろしていたガヴァエッツリ・チーフの顔を見る。

「おまえはどう思う、アントニオ？」

ガヴァエッツリ・チーフは、パオロ・ガヴァエッツリ社長の顔を見つめ、それからその端麗な顔にふいに微笑を浮かべる。

「もしも発言権の大きいシニョール・ニシオオジや、副社長である私の意見を尊重するとしたら、マサキとアキヤの方が有利です。そしてもしも多数決で決めるとしたら本社デザイナー室の二人のほうが有利。どちらにしろ公平とは言えません」

ガヴァエッツリ・チーフは言い、いきなりポケットから携帯電話を取り出す。短縮ボタンを

押して、電話に向かって何かを短く囁く。すぐに電話を切り、

「一番公平な方法で選びませんか？　これはガヴァエッリ・ジョイエッロにとっても、そして一人の王女様のためにも、重要な選択ですから」

「一番公平な方法というのは、いったい……？」

パオロ・ガヴァエッリ社長が言いかけた時……。

「失礼いたします」

ドアが開き、秘書らしきスーツの男性が部屋に飛び込んでくる。そして呆然とした顔で、

「パオロ・ガヴァエッリ社長、お客様が……」

「お客？　今は大切な会議中だぞ」

「いえ、あの……」

「こんばんは」

秘書の脇をすり抜けるようにして、いきなり一人の女性が会議室に滑り込んできた。

細身の身体を、綺麗な珊瑚色のシフォンのワンピースに包んでいる。

背中を覆うのは、ゆるいウエーブのかかったはちみつみたいな金色の髪。

ミルクみたいに真っ白な肌、小さい鼻、ばら色の唇、そしてとても綺麗なブルーの瞳。

まるでお伽噺《とぎばなし》の中から出てきてしまったような、とても美しい女性だけど……。

「……クリスティーネ王女……」

目を見開いたパオロ・ガヴァエッリ社長が、かすれた声で言う。

「アントニオ・ガヴァエッリから、招待状をいただいたわ」

たくさんのSPを従えた彼女は、つかつかと会議室を横切って来る。

「ようこそ、クリスティーネ王女。遠いところをわざわざありがとうございます」

彼女に歩み寄ったガヴァエッリ・チーフが手を差し出すと、彼女は自然にその手をとる。

「遠くはないわ。結婚前のお忍び旅行でちょうどヴェネツィアにいたの。目と鼻の先よ」

彼女はガヴァエッリ・チーフにエスコートされて部屋を進んできて、僕のすぐ脇に立つ。

「私の結婚式で使うティアラとバングルでしょう？　私が選ばなくてどうするの？」

言いながら、並べられたデザイン画を見渡す。

「絶対に、これとこれ」

彼女はあっさり言って、雅樹のティアラと、僕のバングルが描かれたデザイン画を迷いなく持ち上げる。

「ドレスにもよく合うし、何よりも私の好み。とても可愛い」

その言葉に、本社の面々が息を呑んでいる。

王女様は二枚のデザイン画をじっくりと見てから、ふいに僕を振り返る。

「もしかして、これをデザインしたのはあなた？」

言ってバングルのデザイン画を上げてみせる。

「は、はい。どうして……」

「アントニオが言っていたわ。『バングルのデザインは二種類。そのうちあなたのお気に召す方をデザインしたのが、有望な若手デザイナーです』って」

彼女はその晴れた青空みたいな瞳で僕をまっすぐに見つめて言う。

その言葉に、僕の鼓動がどんどん速くなる。

「またこういうの作って。買いに来るわ」

「あ……ありがとうございます」

呆然と答えた僕から、彼女は雅樹に視線を移す。

「このティアラをデザインしたのはあなたね？」

「おっしゃるとおりです。アントニオは俺のことをなんと言っていましたか？」

雅樹が言うと、王女様は可笑しそうに笑って言う。

「『あなたのお気に召す方のティアラをデザインしたのは』……まあいいわ、この先は面白いから秘密よ」

複雑な顔をした雅樹を、ふいに真面目な顔になった王女様が見上げてくる。

「私の国の王女は、結婚する時に新しいティアラをオーダーする。私たちにとってはティアラは本当に特別なもの。そして、あなたのデザインしたティアラは……」

彼女は言葉を切り、雅樹のデザイン画をうっとりと見下ろす。

「私の国の宝物庫に並んでいるどんなティアラよりも、素敵だわ」

雅樹は王女様を見下ろしたまま、一瞬動きを止める。それから、

「ありがとうございます。光栄です」

言って、そのハンサムな顔に、見てるほうがドキドキするような、素晴らしい笑みを浮かべたんだ。

MASAKI 11

「……こうして並べてみると、なんだか感動します」

晶也が言って、うっとりとしたため息をつく。

俺たちがいるのは、天王洲にある、俺の部屋のアトリエだ。

本社での会議がまだ残っているというアントニオと、せっかくだからローマの美術館を見てから帰りたいと言った西大路氏と別れ、俺と晶也は一番早い飛行機で日本に帰ってきた。

成田に到着したのは昼頃だったので晶也はいったん出社するつもりだったようだが、俺にはもちろんそんなつもりはなかった。

俺は空港からサブチーフの三上《みかみ》に電話をかけ、ティアラとバングルのプレゼンテーションが成功し、商品化が無事に決まったことを伝えた。三上が、後ろで聞き耳を立てていたであろうメンバーに伝え、メンバーはこっちの耳が痛くなるほどの大声で、祝福の言葉を叫んでくれた。

俺は、自分も晶也も疲れているから今日は直帰する、と伝え、電話を切った。

俺たちはそのまま成田エクスプレスに乗り、新宿まで来た。そしてあることを思いついて駅近くの東急ハンズで額を買い、タクシーに乗って天王洲のこの部屋に辿りついた。

そして着替えもしないまま、二人のデザイン画の原画、さらに俺がコンテスト用に描いたチョーカーのデザイン画の原画を、買ってきたばかりの大きなアクリルの額に並べて入れた。

「……見れば見るほど、素敵なセットになりましたね」

晶也がとても嬉しそうに言う。

「きちんとした商品に出来上がって、あのやんちゃな女王様も喜んでくれるといいんですが」

「きっと喜んでくれる。俺たちには素晴らしい職人がついているし」

俺は言いながら、つい笑ってしまう。

晶也のバングルのデザイン画のコピーは、あの会議の後でイタリア本社の職人頭に渡された。彼は晶也の素晴らしいデザインを見てとても驚いた顔をし、それから「私の誇りにかけて完璧なものに仕上げる」と約束してくれた。

そして俺は、自分が描いたティアラのデザイン画を、イタリアから喜多川御堂のアトリエに向けてファックスした。喜多川御堂はすぐに俺の携帯電話に電話をよこし、「勝手に話を決めるな」と怒り、さんざん嫌味を言い……しかし俺が「できないのならあきらめる」と言うと「おれにできないわけがないだろう？」と怒鳴り、そして「悔しいから、当時の昔の職人に負けないくらいのものすごいやつを作ってやる。見ていろよ」と言って電話を切った。

「君の作品と並べたら見劣りがしないかどうか、ずっと心配だった。だがこうして見ると、とてもしっくりくる。自分のデザインも捨てたものではないと思えるよ」

わずかに曲がっていた額を真っ直ぐに直し、俺は一歩下がって晶也に並ぶ。気がつくと、隣の晶也が呆然とした顔で俺を見上げていた。

「何？」

子供のように大きく目を見開いた彼が妙に可愛く見えて、俺は思わず微笑んでしまう。

「……いえ、あの、ええと……」

晶也はまだ呆然とした顔のまま、

「……あなたは世界的に有名な、超一流のジュエリーデザイナーです。それは僕だけでなく、宝石業界の誰もが認めることで……」

「何が言いたいのかな、篠原くん？」

囁いて、指先でその形のいい顎をそっと持ち上げてやる。

「このシリーズが完成したのは、君のおかげだ。感謝しなくては」

「……あ……」

晶也はその頬をふわりと染め、感動したような顔で、

「あなたみたいな人にそんなことを言っていただくなんて、とても嬉しいです。……あの」

その最高級の琥珀のような目で俺を真っ直ぐに見つめてくる。

「あなたと一緒に一つのシリーズが作れて、本当に光栄でした」

「ありがとう」

俺は言いながら、指先で彼の唇の形をそっと辿る。

「俺も、ずっと憧れ続けた『アキヤ・シノハラ』と一つのシリーズを作れてとても光栄だ。

……愛しているよ、晶也」

彼はふわりと目を潤ませ、それからキスをねだるかのようにそっと目を閉じる。

「僕も愛しています、雅樹」

その最上級の桃色珊瑚のような美しい色の唇に、俺はそっと口づける。

「……んん……」

舌で唇をノックすると、彼は従順に口を開き、俺の舌を受け入れる。

「……く、んん……っ」

彼はとても甘い呻《うめ》きを漏らし、俺のワイシャツの布地をキュッと握り締める。

俺はたまらなくなって、彼の口腔にゆっくりと舌を差し込む。彼は甘く震えながら、俺の舌を受け入れる。

「……ンン……」

「……君と、愛を確かめ合いたい……」

キスの合間に囁くと、彼は突然真っ赤になって言う。

「こ、ここではダメですよ！　毎回、あんなふうにされたら……！」

「え？」

俺は何のことか解らずに彼の顔を見下ろし、そして彼の視線がチラリと動いたのに気づいてその先を追う。そして思わず笑ってしまう。

「椅子の上でされたのが、そんなにすごかった？」

「……ああっ！」

晶也は恥ずかしそうに叫び、耳までを美しいバラ色に染めながら、

「だって、この部屋にはデスクと椅子があって、ちょっとデザイナー室に似ていて……だからエッチなことをすると、すごくイケナイ感じがして……」

「イケナイと感じてしまうのか。それならいつか、デザイナー室でしてみる？」

「うわあっ！」

晶也は泣きそうな顔になって、

「それだけは勘弁してください。恥ずかしくて二度と出社できなくなってしまいます！」

「そうなったら、出社拒否になった君をこの部屋に閉じ込めて、昼も夜もずっと愛を交わし続けよう。素敵だろうな」

「素敵じゃありません！　壊れちゃいます！」

恥ずかしそうにする彼を、俺は腕に抱き上げる。

「わかったよ。ベッドに行こう」

囁いて、彼の珊瑚色の唇にチュッとキスをする。

「今夜は、壊れないように優しく抱いてあげるよ」

俺は彼の身体を抱いたままアトリエを出て、リビングを横切る。間に何度かキスを交わしながら、彼を落とさないようにゆっくりとパンチングメタルの階段を上り……そしてベッドにそのしなやかな身体をそっと押し倒す。

俺は彼のネクタイを解き、ワイシャツのボタンをゆっくりと外す。

「……あ……雅樹……」

それだけで目を潤ませる晶也が、本当に愛《いと》おしい。

「イタリアからの長旅で疲れてしまった？　やめようか？」

わざと聞いてやると、彼は泣きそうな顔になってかぶりを振る。

「疲れてなんかいません。それより……」

「それより、何？」

囁きながら彼のワイシャツの中に手を差し入れる。乳首の先をくすぐるだけで、晶也は甘い声を漏らし、身体を小刻みに震わせてしまう。

「……あ……あ……っ」

「どうして欲しいのか、答えなさい」

囁いて、乳首の先をキュッと摘み上げてやる。

「……あぁ……して……っ」

晶也の唇から、甘くかすれた声が漏れた。俺は彼の乳首を指先で弄《もてあそ》びながら言う。

「それだけではわからない。何をして欲しいのか言ってごらん？」

「……ん……雅樹の……イジワル……！」

晶也は俺の愛撫に身体を震わせながら、切れ切れに囁いてくる。

「……あなたと、したい……」

「何をしたい？　セックス？」

彼の耳に唇を近づけ、わざと露骨な言葉で囁いてやる。

「……あ……」

彼は羞恥《しゅうち》に耐えかねたように喘《あえ》ぎ、恥ずかしげに唇をキュッと噛む。

「初めて身体をつなげてから、もう一年以上だ」

俺は彼の綺麗な形の耳に、囁きを吹き込む。

「なのに君の身体はまだこんなに初々しく、まだこんなに恥ずかしがり屋だ」

「……あ……だって……」

耳たぶにキスをしてやると、晶也は俺のワイシャツの布地をキュッと握りしめる。

「……あなたがどんどんすごいことを教えるから……慣れる暇なんかなくて……」

「君はとても覚えのいい、素晴らしい生徒だよ」

俺は囁いて、彼のワイシャツをそっと剝《は》ぎ取る。

「とても綺麗だ。愛しているよ、晶也」

「僕も愛してます、雅樹」

「可愛い。うんと苛《いじ》めてしまいたい」

俺は晶也の身体の上にのしかかる。

「……ああ……っ」

そして彼のスラックスの前立てのボタンを外し、ファスナーを引き下ろす。

「……ああ……待ってください、やっぱりシャワーを……あっ」

「許さない。もう止められないよ」

俺は囁いて、晶也のワイシャツ、そしてスラックスと下着を剝ぎ取る。

「……雅樹……ああっ！」

脚を上げさせ、靴下も脱がせ……そしてシーツの上に横たわる一糸まとわぬ彼を見つめる。

「……雅樹……」

シーツの上に広がる栗色の髪。わずかに怯えるような表情を浮かべる美しい顔。しかしとても甘く見上げてくるその最上級の琥珀色の瞳。

淡い珊瑚色をした乳首のちょうど中間、胸の上に煌めくのは、俺がデザインしたプラチナ

のリング、そしてそれを通した細いチェーンが煌めいている。

眩《まばゆ》い太陽の下に、その美しい身体と真珠のような肌をさらす晶也は……彼自身が一つの宝石であるかのように、美しい。

「……あ……」

俺は彼の首に手を回し、プラチナのチェーンを外す。そしてそれをサイドテーブルに置く。

「このまま抱く。いいね？」

囁くと、彼は肌をバラ色に染めながらも、従順にうなずいてくれる。

「僕も……抱かれたいです……」

彼の甘い声が、俺の理性を簡単に吹き飛ばす。

俺は彼の上にのしかかり、その細い腰を抱き寄せる。

驚いて逃げようとする彼を押さえつけ、唇と、舌と、そして指で、彼の身体の感じる部分を余すところなく愛撫し……。

「……アアッ！」

晶也の屹立から、白い蜜が迸《ほとばし》った。蜜は彼の身体の上に散り、彼の顎までも濡らす。

「たくさん出したね。上手だ」

囁いて蜜を乳首に塗りこめてやると、彼は喘いで身体をヒクヒクと震わせ……そして潤んだ目で俺を見上げてくる。

「……雅樹……」

「どうした？」

「……どうしよう、こんなに出したのに、まだ……」

彼の誘うような瞳が、俺の最後の理性を吹き飛ばす。

俺は彼のしなやかな両脚を持ち上げ、大きく押し広げ、その蕾に自分の欲望を押し当てる。

「……アアッ！」

彼の蕾は誘うようにフルフルと震えていたが、やはり未だに初々しく……。

「まだ無理？　君を傷つけたくない」

囁くと彼は必死の仕草でかぶりを振る。

「……して、雅樹……して……」

晶也の唇から、懇願するような喘ぎが漏れた。

「……欲しい……」

羞恥に耐えるように目を閉じ、睫毛《まつげ》をフルフルと震わせる彼は……とてつもなく色っぽい。

ググッと強く押し入れると、晶也のしなやかな背中がビクリと反り返る。

「……ひ、うぅ……んっ」

彼は白い内腿を震わせ、その蕩けた蕾で俺の欲望をキュウッと強く締め上げてくる。

「……や、ぁ……っ」

締めつける感触にも感じてしまったかのように、彼は真珠色の喉《のど》を見せて喘ぐ。

「すごい、晶也」

俺は彼の身体を強く抱き寄せ、その喉にキスをしながら囁く。

「抱くたびに、君はどんどんオトナになるようだ」

いつもさらさらと滑らかな彼の肌が、今は吸い付くような淫らな感触になっている。たまらなくなって首筋に強く歯を立ててやると、晶也の身体がビクリと大きく震える。

「……あ……雅樹……っ」

彼の内壁が、さらに感じてしまったかのように俺の欲望を締め付けてくる。

「イケナイ子だ。少し痛いのが好き？」

囁いて、噛んだところをチュッと吸い上げてやると、晶也は身体を震わせながら喘ぐ。

「……あなたがしてくれるのなら……」

晶也の美しい珊瑚色の唇から、甘い甘い囁きが漏れた。

「……どんなことでも嬉しい……」

可愛すぎる彼の囁きに、俺は思わず我を忘れてしまう。

彼の脚を高く持ち上げ、その足首にキスマークを刻みながら、その蕾を激しく責める。

「……アアッ、アアッ！」

肌があたるほど強く突き入れると、晶也は目を閉じたままでたまらなげに喘ぐ。

「……アアッ……アアッ……すごい……雅樹……っ」

彼の長い睫毛の間に快楽の涙が滲み、繊細な指が、シーツをキュウッと摑む。

「……あ、あ、あぁっ！」

俺の抽挿のリズムに合わせて、彼の反り返った欲望が切なげに揺れる。

俺は、蜜でトロトロに濡れたそれを、手の中に握り込む。

「……アアッ……ダメ……そこ、触られたら……」

扱き上げ、張り詰めた先端にヌルッと蜜を塗りこめて……。

「……アアーッ……！」

彼の屹立の先端から、ビュクッ、ビュクッ！　と激しく蜜が迸った。

俺を包み込んだ彼の内壁が、ヒクヒクと痙攣《けいれん》しながらたまらなげにキュウッと強く収縮してくる。

彼の与えてくれる快感は、とても甘く、そして気が遠くなりそうに素晴らしい。

俺は彼の脚をしっかりと捕まえ、そしてその甘美な蕾に欲望を突き入れる。

「君がすごすぎて、俺ももう限界だ。……君の奥に注ぎたい。いい？」

わざと淫らな言葉で囁くと、晶也は恥ずかしげに身体を震わせ、それからかすれた声で囁く。

「……注いで……あなたの熱が、欲し……」

技巧のない誘惑の言葉が、俺にすべてを忘れさせる。

「いい子だ、晶也。愛しているよ」

俺は止《とど》めをさすようにして激しく抽挿し、その深い場所に、ドクン、ドクン！　と激しく欲望を注ぎ込んだ。

「……ああ、愛してる、雅樹……っ！」

晶也は切れ切れに喘ぎ、そしてその屹立から、再び白い蜜を溢れさせた。

俺は晶也の身体をしっかりと抱き締め、そして二人で居られる喜びを心から噛み締めた。

AKIYA 11

甘い夜の余韻で泥のように眠り込んでいた僕は、そっと肩をゆすられてゆっくりと目を覚ます。

「……晶也」

「……んん……あ……」

今日もハンサムな雅樹が、すぐ近くから覗《のぞ》き込んできている。

「目が覚めた？」

「……雅樹……」

僕は鼓動を速くしてしまいながら、

「……おはようございま……」

言いかけて、ハッと目覚める。

「うわ、もしかして遅刻ですか？　すみません、僕……っ」

慌てて起き上がろうとした僕の肩を、雅樹の手がそっと押さえる。

「急に動かないで。貧血になるといけない。……今日は土曜日だよ」

「……あ……そういえば……」

寝ぼけていた僕は、そう言われてやっと今日が休日であることを思い出す。雅樹は僕を押さえつけたまま、その端麗な顔に笑みを浮かべる。

「忘れてしまった？　だから昨夜はあんなに何度も抱き合ったんじゃないか」

セクシーな声で囁かれ、頬がカアッと熱くなる。

「……あ……」

「昨夜は、というよりは夜明けまで、かな？　君があんまり可愛くねだるものだから、俺も歯止めが利かなくなってしまった」

「……ね、ねだってなんかいません……」

僕は昨夜のことを思い出してさらに真っ赤になる。

……本当は、我を忘れて何度もねだっちゃったんだけど……。

「その顔を見ると、昨夜のことを忘れているわけではないらしいね」

雅樹が囁いて、ゆっくりと顔を近づけてくる。

「……ん……」

思わず目を閉じた僕の唇に、彼の見た目よりも柔らかな唇がそっと重なってくる。

「……んん……」

彼の舌が僕の唇をやわらかく割り、口腔に侵入してくる。彼の舌は僕の舌を搦《から》め捕り、僕はそれだけで身体を熱くしてしまって……。

「……あ……」

雅樹がふいにキスをやめ、顔を上げて枕元の時計を見る。

「あと五分で、結婚式の放映が始まる。君の寝顔が色っぽすぎて、すっかり忘れるところだった」

「結婚式の……そうでした！　今日か！」

眠気と彼とのキスの甘さに蕩けそうだった脳が、やっとはっきりしてくる。イタリア本社で王女様と会ってから1カ月。今日は、あの人の結婚式の日だったんだ。

雅樹は僕の上から名残惜しげに起きあがり、僕のことを抱き起こしてくれる。

そしてベッドの枕元に置いてあったリモコンを取り、壁にかけてある薄型テレビのスイッチを入れる。

『……ウィルヘルム公国、カナル大聖堂の前から生中継です！』

テレビの画面の中で、見慣れた女性アナウンサーが叫んでいる。

『もうすぐ、王女の乗った馬車がこちらの階段前に到着する予定です』

彼女の後ろでは、数え切れないほどの群衆が興奮した様子で祝福の言葉を叫んでいる。紺色の制服の警官隊や、金モールのついた帽子を被った騎馬警官も映っていて、物々しい雰囲気だ。

「あなたがデザインした、ティアラも映るんですよね？」

「王女様の気が変わらず、無事に着けてくれていればね」

雅樹はイタズラっぽい声で言いながら、パジャマのままの僕の肩にカーディガンを着せかけ、背中の後ろに枕を挟んで、座り心地がいいようにしてくれる。

「ありがとうございます。……なんだかやんちゃな感じの王女様でしたよね」

僕が驚いて言うと、雅樹はクスリと笑って、

「俺の義理の母親であるしのぶさんに、雰囲気がそっくりだった」

僕は、まだ二十歳《はたち》そこそこで雅樹のお父さんと結婚してしまった彼女のことを思い出して、クスリと笑ってしまう。

「……たしかにとてもやんちゃな感じですね」

『あぁっ、今、王女の乗った馬車が見えました！』

アナウンサーが興奮したように叫び、カメラがグルリとアングルを変える。警官隊がずらりと並び、群衆が見守る道路を、白い馬に引かれた美しい馬車が近づいてくるのが見える。

部屋にある旧式の小さなテレビを見慣れているから……大型のハイビジョンテレビで見る光景はとてもリアルでまさにその場にいるみたい。

「わあ、馬車の装飾もすごいですね」

僕は、思わず身を乗り出しながら言う。

ティアラのデザインをする時に雅樹が装飾にとてもこだわった理由がよく解る。金の産出国と高い加工技術で有名なウィルヘルム公国の威信を示すかのように、馬車の装飾はとても繊細で、美しい物だった。

「こんなに美しい馬車から降りてくる王女が……万が一にもみすぼらしいティアラを被るなんて、絶対に許されないことですよね」

僕は雅樹がデザインしたティアラを思い出し、鼓動が速くなるのを感じながら言う。

「あなたのティアラなら、絶対に映えると思います」

「君のバングルも、だろう？」

雅樹が僕の肩を抱き寄せながら言う。僕は彼の肩に頭を預けて、

「今回のことを乗り越えられたのは君のおかげだ」

雅樹は僕を抱きしめてささやく。

「うんと、お礼をしなくては」

そしてそのまま、甘くベッドに押し倒す。

僕の恋人は、ハンサムで、クールで、だけど、こんなふうに本当にセクシーなんだ。

王女様とジュエリーデザイナー

『ああっ、今、王女の乗った馬車が見えました！』

テレビの中でアナウンサーが興奮したように叫び、カメラがアングルを変える。観衆が見守る中、白い馬に引かれた馬車が近づいてくるのが見える。

「わあ、馬車の装飾もすごいですね」

晶也《あきや》は、テレビの方に身を乗り出しながら言う。ウィルヘルム公国の威信を示すかのように、馬車の装飾はとても豪華だ。彼はうっとりと見とれながら、

「こんなに美しい馬車から下りてくる王女が……万が一にもみすぼらしいティアラを被るなんて、絶対に許されないことですよね」

晶也は夢見るような目で俺を見上げながら、

「あなたのティアラなら、絶対に映えると思います」

「君のバングルも、だろう？　……今回のことを乗り越えられたのは君のおかげだ」

俺は心から言いながら、晶也の肩を引き寄せる。

「うんと、お礼をしなくては」

言って、そのまま彼の身体をそっとベッドに押し倒す。

「……あ……っ」

首筋にキスをすると、晶也が甘く声を上げる。しかし必死で俺の胸を押し返して、

「い、いけません、雅樹《まさき》。ちゃんとテレビを観てくださいね」

可愛く俺を睨《にら》み、恥ずかしそうに言ってくる。

……彼のこんなところが、また俺の感情を高ぶらせるのだが。

デザイン画を携え、晶也と共にイタリア本社に行った日からほぼ一カ月。今日はウィルヘルム公国、クリスティーネ王女の結婚式の日。彼女は俺がデザインしたチョーカーとティアラ、そして晶也がデザインしたバングルを着けて式に臨むはずだ。

作品が仕上がる寸前に俺と晶也はもう一度イタリアに出向き、最終チェックをした。イタリア本社の職人、そして喜多川御堂《きたがわみどう》は、まるで芸術品のように見事なティアラとバングルを作り上げてくれた。最後の一週間、特殊な機械を使うために、喜多川御堂はローマのガヴァエッリの工房に篭りきりだった。仕事を終えて日本に戻った喜多川御堂は、俺と晶也に『〆《しめ》切《きり》はきついし、職人は無愛想だし、取締役は意地が悪いし……こんなにきつい仕事は初めてだった。この恩は必ず返してもらうからな』と凄んできた。

……ともあれ、無事に結婚式に間に合ってよかった。

結婚式が終わったら、チョーカーとティアラ、そして晶也のバングルは、ウィルヘルム宮殿の宝物庫に収められることになっている。クリスティーネ王女から招待状をもらったので、彼女の新婚旅行が無事に終わった頃にあらためて現物を見せてもらいに行く予定だ。

「王女様からの手紙に、時間まで書かれた詳しい式次第が同封されていただろう？」

俺は、晶也を見下ろしながら囁《ささや》く。

「馬車はこのまま教会の裏手に回る。そこにはカメラが立ち入れないので、彼女の姿は式が始まるまで観られない」

俺が言うと晶也は目を丸くして、

「ちゃんと覚えているんですか？」

「もちろん。式の開始まで二時間はあるはずだ。だから、おはようのキスをしよう」

俺は言って顔を下ろし、晶也の唇にそっとキスをする。

「……ん……」

まるで大理石の彫像のように、いつもは少しひんやりしている彼の唇。起きたての今はふわりとあたたかく、まるで子供のようだ。俺は胸を甘く痛ませながらその唇を味わい、開いてしまった上下の歯列の間から舌を滑り込ませる。

「……んん……」

柔らかな舌を、舌でゆっくりと愛撫する。上顎をくすぐり、震える舌の先を吸い上げる。

「……あ、ん……っ」

晶也は小さく呻いて、シーツをキュッと蹴る。これは、彼が感じ始めている合図だ。

『今、馬車が裏門から教会の敷地内に入りました！　式の中継は二時間後に始まりますので、いったんスタジオに……』

テレビから聞こえた音声に、晶也がハッと目を開き、テレビの方を振り向く。

「あ、本当に二時間後だ。あなたが言ったとおりですね」

俺は手を伸ばしてシーツの上を探り、リモコンを取ってテレビの電源をオフにする。

「悪い子だな。キスをしながら、テレビの中継を聞いているなんて」

リモコンを放り出して彼の胸にそっと手を滑らせると、パジャマの布地の下で乳首が硬く尖り始めているのが解る。

「ここが、こんなに硬い。昨夜あんなに放ったのに……」

指先で乳首をくすぐりながら、低く囁いてやる。

「また、感じている？」

「……あぁ……っ」

彼はその言葉にも感じてしまったかのように、ヒクリと身を震わせる。こうしているだけで昨夜の晶也の姿が鮮やかに脳裏に蘇《よみがえ》り……鼓動が速くなる。

仕事が溜まっていたせいで、彼と抱き合うのは十日ぶりだった。ずっと触れ合えなかったストレスで、二人ともまったく余裕がなかった。玄関で抱き合い、キスを交わし、彼の漏らした甘い喘ぎに目が眩《くら》み……気づいたら彼の服をすべて剝ぎ取り、後ろから抱き締めて夢中で貪っていた。彼は俺の性急な求愛に健気に応え、美しい身体を開いて……。

……思い出すだけで、目眩《めまい》がしそうだ。

玄関で一度、ベッドで何度か、熱く愛し合った。蜜で濡れそぼった彼の身体をバスルームに運んだのは、すでに夜明け近い時間。二人で身体を洗い合い、また高ぶりそうな欲望を抑えてベッドに戻った。そして、抱き合ってぐっすりと眠った。

欲望に流された昨夜は、まるで獣のように彼を貪ってしまった。彼のしなやかな身体の感触や、しっとりとした肌の手触り、そして甘い喘ぎを堪能する余裕すらなかった。

こうしてキスをしていると、昨夜とは違う欲望を感じる。貪るだけではなく、彼を隅々まで愛したい、という。

彼に会うまで、自分は感情を完全にコントロールできる大人で、性に対しても淡泊なのだと思ってきた。だが、彼に会ってからそれが間違いだったことに気づいた。晶也を前にした自分は、本当に簡単に暴走してしまう。湧き上がる愛おしさと欲望は、とてもコントロールできないほどに強い。

「……んん……雅樹……」

繰り返されるキスの合間に、晶也が切羽詰った声で囁く。

「……も……ダメです……二時間じゃ終わらなくなるから……」

「悪い子だ。そんな可愛いことを言われたら、ますます……」

囁いた時、部屋の中にいきなり携帯電話の着信メロディが響いた。うっとりとしていた晶也は驚いたように目を見開く。

「この着信メロディは悠太郎《ゆうたろう》です。すみません、マナーモードにしていませんでした」

言いながら身をよじって、ベッドの下に置かれていた自分の鞄《かばん》に手を伸ばす。俺は彼の身体を後ろから抱き締めて、

「まさか、電話に出る気？　俺と二人きりなのに？」

耳元で囁いてやると、晶也の身体が感じてしまったかのように大きく震える。

「……あぁ……っ」

耳たぶを唇で愛撫している間に、晶也の携帯電話の着信メロディが途切れる。だが、今度はサイドテーブルに置いてあった俺の携帯電話が振動する。俺はそれを取り、液晶画面を見て相手の名前を確かめてから電源を切る。

「うわ、切っちゃって大丈夫なんですか？」

晶也が驚いたような声で言う。俺はため息をついて、

「アントニオだった。どうせ結婚式の放映のことで……」

言いかけた時、晶也の携帯電話からさっきとは別の着信メロディが流れた。どこかで聞いたことのあるこれは……テレビの時代劇のテーマソングだろう。確かタイトルは……。

「『暴れん坊殿様』のテーマ？　これは誰から？」

「御堂さんからです。あの……」

申し訳なさそうな晶也の言葉に、俺はつい笑ってしまう。

「まったく。……わかった、出てもいいよ」

「す、すみません」

晶也は言って鞄から携帯電話を取り出し、フリップを開いて通話ボタンを押す。

「はい、篠原《しのはら》です」

『晶也！　やっと出たか！　メールを何度も出してたんだが、ちゃんと見たか？』

電話の向こうで、喜多川御堂が叫んでいるのが聞こえてくる。

「メールですか？　すみません、見てません。昨夜はちょっと忙しくて……あっ」

喜多川御堂が何かを言い、晶也が頰を赤くする。

「ええと……はい……黒川チーフのお部屋にいます……ええっ？」

晶也は驚いたような声を出し、俺を振り向く。

「すみません、ちょっと待ってください！　黒川チーフに代わりますね！」

言って、携帯電話を俺に差し出す。

「御堂さんが、テレビを観るためにここに来させて欲しいと言ってますが……」

その言葉に、俺は思わずため息をつく。そして携帯電話を受け取って、

「黒川だ」

『やっぱり晶也を連れ込んでたな？　……晶也がいるならお邪魔してもいいだろ？　打ち合わせが長引いていて、結婚式の開始までに家にたどり着けそうにないんだ』

「断る。晶也とデート中なので来ないでくれ」

『うわあ、なんだよそれ？　おれには多大な恩があるはずだよな？』

喜多川御堂は呆れた声で言う。それから、

『ともかく行く。悠太郎とアントニオ・ガヴァエッツリもそっちに向かっているはずだ』

「は？　どうしてあの二人が？」

『ホテルのテレビが小さくて不満だと言っていたよ。そろそろ服を着た方がいい。……じゃ、あと一時間くらいしたら行くから』

彼は言い、あっさりと電話を切る。俺は通話を切り、携帯電話を晶也に返しながら、

「喜多川御堂のほかに、アントニオと悠太郎もここに来ようとしているらしい。さっきの電話はその件だろうな」

「うわ、ガヴァエッツリ・チーフと悠太郎もですかっ？」

「そうらしい。こんなことなら、わざわざ大型の液晶テレビを買うんじゃなかった」

俺がため息をついた時、晶也の携帯電話がまた着信音を奏でた。さっきとはさらに違うメロディーに、晶也が慌てて液晶画面を覗き込む。

「うわ、広瀬《ひろせ》くんだ！　まさか……」

言いながらフリップを開いて通話ボタンを押す。

「もしもし、篠原ですけど……ええっ？」

驚いたように叫び、それからとても申し訳なさそうな顔で、

「あの……ガヴァエッリ・チーフがみんなも誘ったみたいで……広瀬くんと柳《やなぎ》くん、それに野川《のがわ》さんと長谷《はせ》さんも来たいみたいな……」

「わかった。もう、誰でも歓迎するよ」

俺が両手を上げて言うと、晶也がさらに申し訳なさそうな顔になる。電話に向かって、

「うん、大丈夫だって。……悠太郎達と合流するから、一時間後くらい？　うん、わかった」

言って電話を切り、それから自分の身体を見下ろしてとても慌てた顔になる。

「ヤバいです！　早くシャワーを浴びて着替えなきゃ！　あれ？　昨夜着てた服は……」

「全部玄関で脱いだだろう？　スーツも、ワイシャツも、スラックスも……下着も」

俺が言うと、晶也は昨夜のことを思い出したようにいきなり真っ赤になる。

「ほかの服を用意しておくから、シャワーを先に浴びておいで」

「すみません。でも時間がないから、あなたも一緒に……」

「一緒に入ったら、一時間ではとても終わらなくなる。服を着る時間がなくなるよ？」

俺が言うと、晶也は目を潤ませ、可愛い顔で俺を睨んでくる。

「もう、雅樹ったら！」

……ああ、そんな可愛い顔をされたら、我慢するのがとてもつらくなる。

◆

「映った！　すごい！」

「ティアラもチョーカーも、ものすごく綺麗！」

祭壇の前に立ったクリスティーネ王女の姿がアップになった瞬間、部屋に歓声が上がった。

ベッドルームには晶也以外は入れないことにしているし、リビングにはテレビを置かない主義だ。そのために、俺達はアトリエとして使っている部屋に集まっていた。メンバー達はおのおの床やクッションに座り、テレビに映し出される映像に釘づけになっている。

大型のハイビジョンテレビに映し出された中継映像は想像以上に美しく、まるで参列しているかのような臨場感だ。王女が着ているのは、クラシカルな総レースのウエディングドレス。美しい桃色珊瑚《さんご》をふんだんに使った繊細なティアラとチョーカーが、王女の柔らかな雰囲気にとてもよく合っている。うっとりと画面に見とれていた喜多川御堂が、

「あのティアラに使われているカンティーユという技法、完璧に再現できる職人は今ではほとんどいないんだ。大変だったけど、我ながら本当に見事な作品になったと思うよ」

メンバー達が口々に賞賛の言葉を口にし、喜多川御堂がさらに誇らしげな顔になる。

テレビの中の司祭がラテン語で何かを言い、指輪を嵌《は》める王女の手元がアップになる。

「ああ、映ったな！」

「うわあ、すごい！」

アントニオと悠太郎が、身を乗り出して声を上げる。

王女の左手首には、晶也がデザインしたバングルが着けられていた。桃色珊瑚で作られた

可憐な花、エメラルドや翡翠《ひすい》を使って表された葉。まるで蔓《つた》が絡み付くような繊細さ、そして完璧なバランス。晶也の真骨頂とも言えるデザインだ。

「……素晴らしい。なんて美しいんだろう」

俺の唇から、賞賛の言葉が勝手に漏れた。晶也が驚いたように俺を振り向き、その滑らかな頰をバラ色に染める。

「本当ですか？」

「もちろん。君と組んで仕事ができて、本当によかった」

晶也は、俺を見つめて動きを止める。その目に、ゆっくりと涙の粒が盛り上がる。

「……あ……」

長い睫毛《まつげ》が瞬《またた》いた瞬間、涙の粒が弾けて彼の頰を滑り落ちた。

「ありがとうございます。嬉しいです。あなたにそんなことを言っていただけるなんて……」

晶也は言い、指先で涙を拭う。

「……あはは、なんで泣いちゃってるんだろう……なんか感動して……」

「ああ……コホン」

床に胡坐《あぐら》をかいていたアントニオが、わざとらしく咳払いをして立ち上がる。

「一応作品をチェックできたことだし、そろそろ場所を変えないか？　せっかくの休日なのだから、私のおごりで昼間からシャンパンで乾杯というのは？」

メンバー達が、歓声を上げて立ち上がる。悠太郎が晶也を振り返って、

「あきや、どこがいい？　この辺で、黒川チーフのおすすめの店とか……」

言いかけるが、驚いたように言葉を切る。それからどこか慌てたように目をそらして、

「この二人は最後まで観たそうだから放っておいて！　はいはい、さっさと移動！」

言いながらメンバーを部屋の外に誘導して行く。喜多川御堂が可笑しそうな顔で、

「晶也、泣くことはないだろう？　まあ、感動するのもわかるけどな」

手を伸ばし、晶也の髪をくしゃくしゃにする。そして、俺に目を移す。

「ものすごく大変だったが、一応いい経験にはなった。それに二人のデートの邪魔ができて大満足だから、貸しはこれでチャラだ」

言ってひらひらと手を振り、アトリエを出て行く。賑やかな声が遠ざかり、玄関のドアが閉まる音がする。それを聞いた瞬間、俺は思わず晶也を抱き締めていた。

「君は本当に素晴らしい。

晶也は俺を見上げ、煌めく涙を一筋流す。そしてかすれた声で囁いてくれる。

「それは僕の台詞です。……愛しています、雅樹」

俺はその美しさに見とれてから、そっと彼にキスをする。それだけで、もう我慢ができないほどに心が熱くなる。

俺の恋人は、麗しく、可愛らしく、才能に溢れ……そしてこんなふうに本当に色っぽい。

あとがき

こんにちは、水上ルイです。初めての方に初めまして。水上の別のお話を読んでくださった方にいつもありがとうございます。

今回の『煌めくジュエリーデザイナー』はイタリア系宝飾品会社を舞台にしたジュエリーデザイナー達のお話。チーフデザイナーの黒川雅樹と彼の部下である駆け出しデザイナー・篠原晶也が主人公。ジュエリーデザイナーシリーズ、完全新作です。復活を待っていてくださった読者の皆様、本当にありがとうございます。あ、JDシリーズはすべて読みきりですのでこの本から読んでも全然大丈夫。安心してお買い求めください（CM・笑）。

もともとこのジュエリーデザイナーシリーズはリーフ出版さんから発刊されたもので、会社の倒産と同時に絶版になりました。しかしルチルさんから文庫として復活。『恋するジュエリーデザイナー』から昨年発刊の『とろける～』までのシリーズが本編、アントニオと悠太郎が主人公の『副社長はキスがお上手』のシリーズが番外編、喜多川御堂やアラン・ラウなどの脇役達が主人公の短編を集めた『ジュエリーデザイナーの～』のシリーズが超番外編です。以前、HPでアンケートを取ったら、アントニオ×悠太郎が一番人気でした（笑）。興味のわいた方、ルチル文庫さんから発売中の既刊もぜひぜひよろしく（CM・笑）。

ＪＤシリーズ第一弾『恋するジュエリーデザイナー』は、私が現役ジュエリーデザイナーだった頃の作品。提出用のコレクションレポートなどしか書いたことがなかったのですが、突然頭の中でキャラたちが動きだし、できたものを投稿したらデビューが決まったという。実は今年の九月でデビュー十五周年。たくさんの思い入れの深い作品が生まれましたが、デビュー作のシリーズは少し特別。再び書くことができるのが本当に嬉しいです。

それではこのへんで、お世話になった皆様に感謝の言葉を。

ＪＤ第一シーズンのイラストを担当してくださった吹山りこ先生。復刊へのご協力をありがとうございます。そして素敵な新作イラストの数々もどうもありがとうございました！

そして第二シーズンからイラストを担当してくださっている円陣闇丸先生。復刊へのご協力を心から感謝しております。そして大変お忙しい中、麗しい新作イラストの数々をどうもありがとうございます。ハンサムでセクシーな黒川、美人な晶也に本当にうっとりし、新作が出せる喜びを噛み締めました……！　これからもよろしくお願いできれば幸いです。

編集担当Ｓさん、前担当Ｏさん、そしてルチル文庫編集部の皆様。復刊、新作共に本当にお世話になりました。そしてこれからもよろしくお願いできれば幸いです。

そしてこの本を読んでくれたあなたへ。どうもありがとうございました。これからも頑張ります。応援していただけると嬉しいです。

二〇一二年　初夏　水上ルイ

✦初出　煌めくジュエリーデザイナー………………書き下ろし
王女様とジュエリーデザイナー……………書き下ろし

水上ルイ先生、円陣闇丸先生へのお便り、本作品に関するご意見、ご感想などは
〒151-0051 東京都渋谷区千駄ヶ谷4-9-7
幻冬舎コミックス　ルチル文庫「煌めくジュエリーデザイナー」係まで。

幻冬舎ルチル文庫

煌めくジュエリーデザイナー

2012年6月20日　　第1刷発行

✦著者	水上ルイ　みなかみ るい
✦発行人	伊藤嘉彦
✦発行元	株式会社 幻冬舎コミックス 〒151-0051 東京都渋谷区千駄ヶ谷4-9-7 電話 03(5411)6432[編集]
✦発売元	株式会社 幻冬舎 〒151-0051 東京都渋谷区千駄ヶ谷4-9-7 電話 03(5411)6222[営業] 振替 00120-8-767643
✦印刷・製本所	中央精版印刷株式会社

✦検印廃止

ISBN978-4-344-82551-2　C0193　Printed in Japan